フェイス

ダブル・バインド外伝

英田サキ

キャラ文庫

この作品はフィクションです。
実在の人物・団体・事件などにはいっさい関係ありません。

目次

口絵・本文イラスト／葛西リカコ

名もなき花は

1

「忍《しのぶ》。今日の夜、美津香《みづか》と食事に行く約束をしている」

新藤隆征《しんどうたかゆき》がネクタイを締めながらリビングに入ってきた。キッチンで新藤のためにコーヒーを淹《い》れていた葉鳥《はとり》忍は、「そう。で?」とその先の言葉を促した。新藤は自分の女房と食事に行くことを、いちいち愛人に報告するような男ではない。

「夕方、美津香がうちに来るそうだ。俺が帰るまで相手を頼む」

ネクタイを締め終えた新藤がテーブルについたので、葉鳥は眉間《みけん》に深いしわを刻みながらコーヒーカップを置いた。

「不服そうな顔だな。嫌か?」

「嫌っつーかさ。それっておかしくない? 俺、一応はあんたの愛人って立場だよね。その俺に女房の相手を頼むのって、新藤さん的にはどうなの」

「なんの問題もない。食事の前にここに来てお前と遊びたいというのは、美津香のリクエストだからな」

新藤は素っ気なく答えてコーヒーに口をつけた。憎らしいくらい平然とした横顔を見ながら、夫がこんなふうだから妻もあんなふうなのだろうかと思ったが、いやいやとすぐに考え直した。

妻のほうが何倍も質《たち》が悪い。夫の愛人がまだ成人もしていない年若い男と知って、眉《まゆ》をひそめるどころか本気で面白がるような女なのだ。

二か月前、新藤が結婚した。東誠会《とうせいかい》二代目会長、新藤義延《よしのぶ》の息子であり、自身も三十二歳の若さで東誠会幹部にして、いずれは跡目を継ぐだろうと見られている極道のサラブレッドが結婚相手に選んだのは、やはり大物の極道を親に持つ二十六歳の女だった。

関西に拠点を置く広域系の大手暴力団組織が、数年前から本格的に関東進出をもくろみ、それを阻《はば》もうとする各組織と小競《こぜ》り合いを起こしている背景などもあり、ふたりの婚姻は組織同士の関係を強固にするための政略結婚という側面を持っていた。

新藤がどういう相手と結婚しようが葉鳥の口出しできる問題ではないし、口出ししたいとも思っていない。葉鳥にとって重要なのは新藤が誰と結婚するかではなく、いつになったら自分を本当の愛人として認めてくれるのかという一点だった。そして願わくば、愛人として死ぬまでそばにいさせてほしいと思っている。

今時、女子中学生でも持ち合わせていないような可憐な健気《けなげ》さが、我ながら不気味だった。けれどそれが本心なのだからしょうがない。自分のゴミみたいな人生の中で新藤と出会えたことだけは、唯一の幸運だったと思っている。

　葉鳥は中学にもろくに通わず、母親よりも年上の女たちに身体《からだ》を売りながら、夜の街でしぶとくしたたかに生きてきた。そのうち女そのものに嫌気がさしてきて、いつしか男さえもたらし込むようになったが、その中のひとりで薬物を売りさばいていた男に薬漬《づ》けにされ、十八歳にして立派なジャンキーになった。

　そんなどん底の状態で新藤に出会い、そして助けられた。新藤にすればただの気まぐれでも、葉鳥には違う。人生をやり直せるチャンスを与えられたのだ。

　葉鳥が選んだのは新藤の愛人という生き方だった。だが正式な愛人として認めてもらう前に美津香と結婚してしまったので、当然この部屋から追い出されると予想していた。

　葉鳥はまだ新藤に一度も抱いてもらっていない。この部屋で暮らすようになって、もうそろそろ半年になるが、実際のところはただ寝食を共にしているだけの名ばかりの愛人でしかなかった。だから結婚を機に出て行けと言われるだろうことは、覚悟していたのだ。

　ところが蓋《ふた》を開けてみれば、そうならなかった。妻の美津香に同居の考えは最初からなかったようで、結婚前から住んでいたマンションに留まったまま、たまに新藤に会いにこの部屋に通ってくる程度だった。新藤と美津香の間でどういう話し合いがなされたのかは知らないが、葉鳥は晴れて妻公認の愛人になった。

「ねえ。やっぱり変じゃない？」

隣の椅子《いす》に座って切り出した。前から一度、言おうと思っていたので、いい機会だった。

「何がだ？」

「奥さんがたまに通ってきて、愛人の俺が新藤さんと同居しているのって、やっぱ筋が通らないでしょ。俺、別の部屋に移るよ」

このマンションは実質的には新藤の持ち物で、最上階のワンフロアすべてを使用している。一番奥の部屋には新藤が住み、その手前の部屋には側近の河野《かわの》や黒崎《くろさき》がそれぞれ部屋を与えられていた。他の空いた部屋には若い衆が交替で警備のために泊まり込み、新藤の部屋の掃除などもこなしている。だから移る部屋には事欠かないのだ。

「筋が通らないか。ちゃらちゃらした外見のくせに、お前は妙なところで考え方が古臭いな」

褒《ほ》めてるのか貶《けな》してるのかわからない口調で、新藤は苦笑混じりに言った。

「古臭いんじゃなくて古風なの。ねえ、マジで言ってんだよ。このままだとさ、下の連中に示しがつかないだろ。俺、今日から他の部屋に移るよ」

新藤はコーヒーカップをソーサーに戻し、「意味がないことはやめろ」と言い放った。

「同じフロアの別の部屋に移ったところで、傍《はた》から見ればなんの変わりもない。どうしても筋を通したいというのなら、別のマンションに引っ越せ。だが先に言っておく。お前が引っ越せばそれきりだ。俺は時間を割《さ》いてまで、お前の部屋に通ったりしないぞ。それでもいいなら好きにしろ」

　新藤のためによかれと思って言ったことを、くだらない自己満足だと一蹴された。ぐうの音《ね》も出ないとはこのことだ。

「新藤さんの意地悪」

　むっつりしていると「拗《す》ねるな」と頭を撫《な》でられた。

「くだらないことを言うからだ。お前を邪魔に感じているなら、とっくの昔に追い出している」

　珍しく優しい声で慰《なぐさ》められ、その飴《あめ》と鞭《むち》は反則でしょ、と言いたくなった。新藤は滅多に甘い言葉を口にしないが、たまに葉鳥の胸の真ん中を撃ち抜くようなことをさらっと言う。鞭、鞭、鞭、鞭、飴、くらいの頻度だから、なおさらやられてしまう。飢えた猫には魚の骨でもご馳走《ちそう》だ。

　だけどわかってる。新藤は葉鳥の盲目的忠誠心を認めて、可哀相な子供の面倒を見るような気持ちでそばに置いてくれているだけだ。それでもこうやって一緒にいられるだけで幸せだった。何があっても新藤のそばから離れない。それだけは決めている。

「この花はお前が？」

テーブルの中央に置かれた花瓶には、赤い薔薇《ばら》が生けられている。十本ほどでボリュームはないが、とてもきれいな薔薇だ。

「うん。新藤さん、赤い薔薇が好きでしょ？」

新藤はしばらく深紅の花を眺めてから、「ああ」と頷《うなず》いた。

「花なら薔薇、薔薇なら赤。昔から馬鹿のひとつ覚えみたいにそう思ってきた。俺は一度好きになったものは、まったく飽きない性格らしい」

「いいじゃん、そういうの。俺、飽き性だから羨《うらや》ましいよ。何かに興味を持っても続いた例《ためし》がないんだよね。……あ、でも新藤さんは唯一の例外」

新藤のほうに身を乗り出し、にっこり笑って見せた。またつれなくかわされると思っていたのに、新藤は葉鳥の顎《あご》を優しく摑《つか》み「本当か？」と囁《ささや》いた。その低い声に身震いがした。

「本当だよ。俺の真剣な気持ち、まだわかってくれてないの？」

「わかっているが、飽き性の子供の気持ちは信用ならないからな」

そんな冷たいことを言いながらも、新藤は葉鳥の頰《ほお》にキスをしてくれた。今日は飴の大盤振る舞いだ。嬉《うれ》しいが、もしかして美津香の相手をさせることに対しての埋め合わせかもしれないと思うと、ちょっと複雑な気持ちだった。

玄関のチャイムが鳴った。葉鳥はインターホンの受話器を取り、来訪者が河野であることを確認してから、新藤に「カワッチだよ」と伝えた。

いつも時間に正確な男だ。九時に迎えに来ると言えば、本当に九時ジャストにやってくる。もしかしたら玄関の前で秒針が十二時のところに来るのを待ってから、チャイムを押しているのかもしれない。そうだったとしても、なんら不思議ではないと思えるほど、河野という男はきっちりした性格の男だった。

しかし生真面目《きまじめ》だが、突然のトラブルに対して臨機応変に対応できる柔軟性も持ち合わせていて、知れば知るほど新藤がなぜ河野に全幅の信頼を寄せているのかがよくわかる。

新藤が立ち上がった。葉鳥は先回りして玄関に向かい、念のためにドアスコープから廊下の様子を観察した。眼鏡《めがね》をかけたスーツ姿の男が立っていた。河野がひとりなのを確かめてからドアを開けた。

「おはよう、カワッチ」

「おはようございます」

最初の頃はなれなれしくカワッチと呼ばれるたびに、こめかみをピクピクとひきつらせていたが、さすがにもう慣れて今では平然としている。ちなみに河野の弟分で、運転手兼ボディガードの黒崎のことはクロちゃんと呼んでいた。

格闘家のようなごつい身体の大男だ。無口さと無表情ぶりが可笑《おか》しくて、内心ではターミネータークロちゃんと呼んだりもしているが、あまりふざけすぎると河野に嫌われてしまうので、そこは自重している。

「美津香のことは頼んだぞ」

「わかったよ。せいぜい頑張って女王さまのご機嫌を取っておく」

河野がちらっと葉鳥の顔を見た。ほんの一瞬だったが、目敏《めざと》い葉鳥はわずかに含まれた同情の気配に気づき、なんだかなぁ、と溜《た》め息《いき》をついた。

最初は葉鳥をどこの馬の骨ともわからないガキだと思い、まったく認めていなかった河野でさえ、半年もたてば自然と愛人として見てくれるようになったというのに、一緒に暮らしている当の新藤はいっこうに愛人扱いしてくれない。

——まあ、いいけどね。冷たくされるほど燃えるっつーのは、恋愛の基本でしょ。

「行ってらっしゃい」

葉鳥は内心の闘志を押し隠し、にこやかに新藤を見送った。

「忍さん。もうギブです。勘弁してください。俺、昨夜は鰐淵《わにぶち》さんにつき合って、朝まで飲んでたんです。これ以上やったらマジで吐きます」

泣き言を口にする井元《いもと》の顔は、確かにひどい二日酔いを物語るように青ざめていた。葉鳥は「ゲロ吐いたら絶交」と言い捨てグローブを下げた。まだ十分くらいしか動いてないので、全然物足りない。

「俺はさ、いつまでたっても新藤さんに抱いてもらえなくて、すんげーストレス溜まってるわけよ。でも今日は井元兄貴が来る日だから、キックボクシングを教えてもらえる、そしたらセックスでエロい汗を流せない代わりに、健全なスポーツでいい汗かいて、すっきりできるって期待していたのに、超がっかりだよ。眉毛そり落としたヤクザのくせに、二日酔いってどういうことだよ。もう幻滅だよ、井元くん」

二日酔いと眉毛がないことにはなんの因果関係もないのに、井元は律儀にも「面目ないです」と素直に謝った。

「よかったらジムを紹介しましょうか。忍さん、いいセンスしてるから、本格的に格闘技をやってみませんか。絶対に素質ありますよ」

「やだよ。ムキムキマッチョになったら困るでしょ。新藤さんに嫌われちゃう」

冗談混じりに言ったが、新藤の男の趣味なんて本当は知らない。そもそも男が好きなのかどうかも疑わしかった。

「でもキックは好きですよね。適度に鍛《きた》えるだけなら、ムキムキにはなりませんよ」

葉鳥は喧嘩《けんか》になったらとっとと逃げるか、相手の隙《すき》をついて卑怯《ひきょう》な手口で攻撃するかのどちらかで、真正面きって戦うことはまずないタイプだ。しかしヤクザの世界に自ら飛び込んでしまった今、これまで以上に荒っぽい場面に遭遇する機会も増えるだろう。多少は身体を鍛えておくべきかもしれない。

「んー。じゃあ、考えておく」

適当に返事をしてからグローブを外した。この部屋は新藤の舎弟たちが詰めている部屋で、常時、誰かしらが寝泊まりしている。今日は葉鳥のお気に入りの井元と、安崎《やすざき》という新入りが当番だった。

安崎は今、新藤の部屋で掃除に励んでいる。居候を始めた時に掃除と洗濯くらいやらせてくれと頼んだら、若い連中の仕事を奪うなと新藤に一蹴された。おかげで葉鳥は何もすることがなく、飼い殺しにも等しい暇な毎日を送っている。

一度だけ男をたらし込む仕事を与えられた。完璧に仕事をこなした葉鳥に新藤は満足してくれたはずだが、それ以後はこれといった重要な仕事は与えられていない。

新藤は未成年の葉鳥を使うことに慎重なのだ。葉鳥も自分がそばにいるだけで、新藤にとって十分危険な状況なのは認識しているので、仕事をくれと迫るわけにもいかず困っている。

「ワニちゃん、西新橋《にししんばし》の事務所にいるんだろ？　遊びに行きたいけど無理だよな」

「無理ですね。成人してからにしてください」

暴力団事務所に未成年の葉鳥が出入りすれば、それだけで警察に東誠会を叩《たた》く材料を与えることになる。

「早く二十歳になりてーな」

「もう少しの辛抱でしょ。暇だったら車の免許でも取りに行ったらどうです？」

「教習所なー。免許は欲しいけど、学校って苦手なんだよ」

井元がミネラルウォーターの入ったペットボトルを二本持ってきた。葉鳥は一本を受け取ってソファに腰を下ろし、視線をテーブルの上に向けた。

そこには液晶モニターが二台置かれていて、分割された画面には一階のエントランスの映像や、エレベーター内の映像、それに最上階の廊下に設置されたカメラの映像が映し出されている。

新藤の徹底したセキュリティ対策には舌を巻く。このマンションは新藤の意向に沿って設計されたものらしく、最上階はまるで難攻不落の要塞だ。

何者かが通常のエレベーターに乗り込んで最上階まで来たとしても、廊下に入るためにはエレベーター前に設置されたオートロックのドアを通過しなくてはならない。

つまり第三者はこのフロアに無断で侵入できない仕組みとなっている。ちなみにドアと仕切りの壁には防弾ガラスを使っているらしい。

葉鳥たちは普段、地下駐車場から最上階まで直通の専用エレベーターを使用している。非接触キーを用いたセキュリティシステム搭載のエレベーターで、専用キーがなければ扉すら開かない。

新藤は育ちのせいかガツガツしたところはまったくないが、こと仕事に関しては冷徹で容赦ないタイプなので、内外に敵が多いようだ。徹底して自衛しても、しすぎということはないのだろう。

「お前、バイクに乗ってたよな。なんで車に乗らないの？」

井元は「単純にバイクが好きなんですよ」と答えて、隣に腰を下ろした。

「ふうん。バイクもいいかもな。素早く動けるし」

ひび割れした安っぽい合皮のソファは表面がごわごわしていて、しかもスプリングが相当へたっているのか、身体が沈みすぎて座り心地が悪い。そんなどうでもいいことに腹の底で燻《くすぶ》っていた苛立《いらだ》ちを刺激され、葉鳥は「今日さ」とぼやくように切り出した。

「美津香女王さまが家に来るって。で、新藤さんが帰ってくるまで、女王さまの相手しなきゃいけないんだよ」

井元は納得の顔つきで「ああ」と頷いた。

「美津香姐《ねえ》さん、忍さんのこと気に入ってますもんね」

「俺はただのオモチャだよ。美津香は俺で遊んでるだけ」

不機嫌の理由を美津香のせいにできるのは、ある意味では便利だった。実際は美津香のことはどうでもいい。自分が名ばかりの愛人なら、美津香だって名ばかりの妻だ。面倒くさい相手ではあるが、問題はあくまでも自分と新藤の関係性にある。

半年も一緒に生活しているというのに、いまだに新藤が遠い。素っ気ない態度だからとか、抱いてくれないからとか、そういったわかりやすい理由ではなく、そばにいても新藤の心がそこにないように感じて、葉鳥はたまにどうしようもなく寂《さび》しくなるのだ。

別に無視されているわけでもないのに、この人は自分のことなんて喋《しゃべ》る空気くらいにしか思ってないんだろうな、と考えてしまう。

だから焦《あせ》っているのかもしれない。早く新藤に認められたい。必要とされたい。その証《あかし》が欲しくてたまらない——。

だがそう思う反面、一体何をもって証とするのだろうという疑問も持ち始めていた。新藤に抱かれることがそうなのか、それとも信頼されて仕事を与えられることがそうなのか。

最初の頃は寝るようになれば距離も縮まるはずだと安易に考えていたが、半年も放置されっぱなしだと、もうセックスくらいで新藤との関係が劇的に変わるとは思えなくなってきた。

だからといってこのままも嫌だ。愛人になった以上は是が非でも抱いてもらう。これだけは譲れない。男の意地だ。

飲み物に強精剤でも混ぜてみようかな、と真剣に思った。葉鳥は人には言えないようなことをいろいろ想像しながら、「意外とさ」と呟《つぶや》いた。

「え？　なんですか？」

「いや。新藤さん、意外と実はマッチョが好きだったりしないかな。それだったら俺も気合いを入れて、身体を鍛えるんだけど。やっぱ男はムキムキの身体のほうがそそられるもんか？なあ、どう思う？」

「……すみません。ホモじゃないんでまったくわかりません」

井元はげんなりした顔つきで答えた。

「やだ、葉鳥。その顔は何よ？」

新藤の部屋にやってきた美津香は、葉鳥の顔を見るなり大袈裟《おおげさ》に眉をひそめた。葉鳥は「顔？」と首をひねった。

「ここ、痣《あざ》ができてるじゃない。可愛《かわい》い顔が台無し」

非難めいた眼差《まなざ》しを浮かべた美津香に、右頬をぴたぴたと叩かれた。

「ああ、これ。格闘技の練習してて、うっかりパンチ食らっただけ。もう先週の話だよ」

「気をつけなさいよ。あんたのその顔、私のお気に入りなんだから。鼻の骨なんか折ったりしたら許さないわよ。不細工な愛人なんていらないんだから」

美津香は玄関でハイヒールを脱ぎ捨て、喋りながら室内に入った。いや、俺、別にあんたの愛人じゃないし、と心の中で突っ込みを入れる。

「あ、八代《やしろ》さんも上がって」

葉鳥が声をかけたのは美津香のボディガードで、八代修一《しゅういち》という人物だった。背の高い瘦身《そうしん》の男で、年は四十歳くらいだろうか。いつも無言で美津香のそばにいる。

「いえ、私はここで結構です」

「でも――」

「いいのよ、葉鳥。八代がそこでいいって言うんだから、放っておきなさい」

美津香はさっさとリビングに入ってしまった。葉鳥は仕方なく八代をその場に残し、自分もリビングに向かった。

「陰気な男でしょ。世界中の憂鬱《ゆううつ》を自分ひとりで背負ってるみたいな顔して、うんざりする」

黒いノースリーブの丈の短いワンピースを着た美津香はソファに座ると、長く細い足を優雅に組みながら冷ややかに笑った。

「十五年も一緒にいるけど、あいつの笑った顔なんて見たこともない」

「でも、その陰気なところも嫌いじゃないいんだろ。十五年もそばにいさせているってことはさ」

葉鳥が指摘すると、美津香は「まあね」と答えて煙草《たばこ》に火をつけた。

「私の花嫁道具は愛車のポルシェと八代だけ。私のことはなんでもわかっているから、便利で助かるのよ」

「ふうん。ところで髪、切ったんだ。すごく似合ってる」

美津香は長かった髪をばっさり切り落としていた。額も耳もうなじもあらわになるほどのベリーショートだ。美津香の顔は童顔なので、そんな髪型だと子供っぽくなりそうなものだが、不思議と匂《にお》い立つような色気が漂っていた。

一重《ひとえ》瞼《まぶた》の細い目。子供みたいに小さい鼻。突き出し気味の唇。初めて美津香と会った時、全然美人じゃないと思った。なのに何度か会っているうち、段々ときれいな女だと感じるようになってきた。

多分、すべてのバランスが恐ろしく整っているせいだろう。顔のパーツの配置も絶妙だし、頭の形や大きさ、首の細さ、肩幅、腕の長さ、足の形、どれを取っても完璧で非の打ち所がな

い。

だがその圧倒的な存在感は、外見より美津香の強烈な内面から醸《かも》し出されるものだろう。ただ美人なだけが取り柄の女では、百人で挑んでも美津香には勝てそうにない。

「葉鳥はいい子ね。女の扱いを心得ている。なのに男がいいなんてもったいないわね。隆征さんに捨てられたら、私が囲ってあげようか？　あんたの顔、大好きだから可愛がってあげるわよ」

「遠慮する。美津香みたいなすごい女、俺の手には負えないよ」

言いながら隣に腰を下ろした。美津香は「上手に逃げたわね」と笑い、葉鳥の顔に向かって紫煙を吹きつけた。けむいんだよ、と心の中で文句を言いつつ、葉鳥は愛想笑いを浮かべた。

「私、本当にあんたのこと気に入ってるのよ。隆征さんだけに馬鹿みたいに忠実なところも、顔がきれいなところも、二枚舌なところも。内心ではクソ女って思っているくせに、私に逆らえないところが最高に可愛い」

葉鳥は愛想笑いを継続させながら、だから嫌なんだよ、この女、と胸の中で毒づいた。

「さらに言うなら抱いてもくれない男のことを、ずっと好きでいられる報われないド根性も評価してる。挫《くじ》けないで頑張ってるよね」

さすがに頬が引きつってきた。やっぱり完全にオモチャにされている。

「あの人、全然駄目でしょ？　あんたが男だからじゃないわよ。そうじゃなくて不能なだけ。昔からそう。可哀相に勃《た》たないのよね」

「え……。新藤さん、やっぱりインポなの？」

「肉体の話じゃないわよ。精神的に不能ってこと。要するに恋愛しない人なの」

新藤の親と美津香の親のつき合いは長く、ふたりは子供の頃から顔見知りらしい。だから美津香は新藤のことをよくわかっていた。

「じゃあ美津香は、自分に惚《ほ》れない相手だってわかっていて、新藤さんと結婚したわけ？」

「そうよ。でもいいの。恋愛を楽しむだけの相手ならいくらでもいるけど、隆征さんみたいな人は滅多にいないしね。貴重よ、ああいう男って」

新藤もよくわからない男だが、美津香はさらに輪をかけてわからなかった。貴重な男だからという理由だけで、結婚を決めるなんてどうかしている。

とはいえ、葉鳥自身も他人からみれば、きっとよくわからない人間になるだろうから、えらそうなことは言えない。

美津香が煙草を揉《も》み消した時、どこかで携帯が鳴った。美津香はグッチのバッグから携帯を取り出し、電話に出た。

「隆征さん？　どうかした？」

新藤からの電話だった。美津香はしばらく「そう」とか「ふうん」とか気のない態度で相槌《あいづち》を打っていたが、「しょうがないわね。じゃあ、葉鳥と行ってくるわ」と言って電話を切った。

「何？　俺とどこに行くんだよ？」

「食事。隆征さん、急用ができて帰れなくなったんですって。だからあんたが私と一緒に食事に行くのよ」

当然のように言われ、葉鳥は「なんで俺がっ？」と言い返した。

「当然でしょ。本妻に従うのは愛人の務めなんだから。高級ホテルのレストランだから着替えてきてよ」

穴の開いたジーンズとTシャツ姿の葉鳥に向かって、美津香はぞんざいな口調で言い放った。むかっ腹を立てながらも葉鳥は立ち上がった。新藤を自分の主人と決めた以上、主人の妻である美津香にも逆らえない。自分の立場はわきまえているつもりだ。

寝室に移動して新藤に買ってもらった唯一のスーツに着替えていると、美津香が遠慮もなく入ってきて、半裸の葉鳥を面白そうに眺め始めた。

「へー。葉鳥って結構いい身体してるじゃない。もっとガリガリかと思った」

ワイシャツに袖《そで》を通しながら、「太ったんだよ」と葉鳥は言い返した。

「この家で暮らすようになって、四キロも体重が増えた」

「四キロ増えてまだその細さって、以前はどれだけ痩《や》せてたのよ」

呆《あき》れたように言われた。しょうがねぇだろ、ジャンキーだったんだから、と心の中で言い返す。

「ところで、何食べるの？」

暇つぶしにクローゼットの中を眺めていた美津香は、「フレンチよ。好き？」と葉鳥を振り返った。

「一番苦手。俺の好きな料理はニンニクと唐辛子《とうがらし》がたっぷり入った韓国《かんこく》料理」

「じゃあ今度、大久保《おおくぼ》にいいお店があるから連れていってあげる。でも今日はフレンチで我慢して。なんだったら唐辛子の瓶《びん》でも持っていけば？」

「そうする。……美津香」

葉鳥は摑んだネクタイを美津香に向かって突き出した。

「何よ？」

「結んで。俺、ネクタイ結べないから」

美津香はくすくす笑いながらネクタイを受け取り、「あんたって本当に可愛いわね」と葉鳥の頭を撫でた。

2

驚いた。美津香は自分のポルシェは自分で運転する主義らしく、八代がいても自らハンドルを握った。美津香が隣に座れと言うので葉鳥は助手席に座り、八代は狭い後部シートに窮屈そうに収まった。

ハンドルさばきは上手《うま》いが、運転は恐ろしく荒っぽかった。二度と美津香の車には乗りたくないと思ったほどだ。葉鳥は何度か声を上げそうになったが、八代は慣れているのか最後まで平然としていた。

高層ホテルの最上階で洒落《しゃれ》たディナー。葉鳥には尻《しり》が痒《かゆ》くなるような状況で、正直、次々に運ばれてくる豪華な料理の味もよくわからなかった。

「美味《おい》しくない？　ここのシェフ、フランスの三つ星レストランから引き抜かれてきた有名な料理人よ」

「味音痴の俺に高級フレンチなんて、金をどぶに捨てるようなもんだよ。俺じゃなくて八代さんと来ればよかったのに」

八代はホテルの入り口までふたりを送り届けたあと、駐車場に戻っていった。

「八代なんかと食べたって楽しくないわよ。……ねえ、葉鳥。あんた、隆征さんに飼い殺しにされて、嫌にならないの？　あんたはまだ若いし顔だっていいし、いくらでも他の相手を探せるじゃない」

また虐《いじ》めてオモチャにするつもりかと思ったが、美津香の表情は意外にも真面目なものだった。本気で聞いているらしい。

「俺は新藤さんがいいんだよ。あの人のために生きたいと思ってる」

「隆征さんに助けてもらったから、それで恩義を感じてるの？」

「まあ、それもあるけど。でも恩義だけじゃないよ」

新藤に対する気持ちは他人には説明しづらい。どういう気持ちと聞かれても、一緒にいたい、役に立ちたい、必要とされたい、好かれたい、愛されたいと思うシンプルなもので、だからこそ恩義とか感謝とか恋愛感情とかカテゴライズできなくて困る。とにかく新藤という男は、葉鳥の中にある人間らしいあらゆる感情を喚起して止まない存在なのだ。

「上手く言えないけど、新藤さんは俺の生きる理由なんだ」

「あんたって見かけは軽薄なのに、中身は意外と暑苦しい子なのね。……でもなんだかわかった気がする。あの人間嫌いの隆征さんが、あんたをそばに置いてる理由」

美津香はそう言って三杯目のワインに口をつけた。水のように酒を飲む女だ。

「理由って何？　教えてよ」

「教えない」

思わず「ケチ」と言ったら、テーブルの下で脛《すね》を蹴《け》られた。葉鳥は痛む脛をさすりながら、気になっていたことを尋ねた。

「ところで、新藤さんと一緒に暮らす気はないの？」

「今はない。隆征さんが三代目を継いで、目黒《めぐろ》の本宅に帰ることになったら一緒に住むわ。それまでは好きにさせてもらうつもり。そういう約束だしね」

なんだ、と思った。将来的なことはちゃんとふたりで話し合っているのだ。組織のために結婚したふたりなのだから、考えてみれば当然のことかもしれない。

長い食事が終わってやっと帰れると思ったら、美津香はポルシェの助手席に乗り込むなり、八代に「六本木《ろっぽんぎ》にやって」と告げた。

「え？　帰らないの？」

「今夜はあんたととことん飲むって決めた。つき合いなさい」

俺は飲まないんだから、飲むのはお前だけだろ、と心の中で言い返した。嫌だと言ったところで帰してもらえそうにない。本妻に嫌われる愛人と懐かれる愛人。どちらが楽なんだろうな、と葉鳥は心の中で溜め息をついた。

結局、その夜は散々、美津香に振り回された。最初は外国人が多いクラブで、たくさんの人間が美津香に声をかけてきた。きっと普段から取り巻きを引き連れて、夜な夜なこの界隈で遊び回っているのだろう。

クラブを皮切りに、バー、居酒屋、スナックと、美津香の行きつけの店を転々とまわり、最後は渋谷《しぶや》に移動して古びた飲み屋に連れ込まれた。相当な顔馴染《なじ》みらしく、店主だけではなく陽気に飲んでいた酔客たちも、みんな気軽な調子で美津香に声をかけてきた。

本当に汚い店だった。あちこち破れたふすまは黄ばみ、壁紙の一部は剝《は》がれ、座敷の座布団には穴が空いている。はしご酒ですっかり酔っぱらった美津香は、周囲の客に絡み始めたが、みんな慣れているのか「ミーちゃん、今日はできあがるのが早いね」と笑うだけで気にしていなかった。

「葉鳥ぃ。あたしはさぁ、隆征さんのこと好きだけど、ああいう人とは一緒に暮らせないって思うわけよー。だって、一緒にいたらむかつきそうだしー」

「はいはい。むかつくよね、ホント」

葉鳥は適当に相槌して、枝豆を口に放り込んだ。酒は飲まないと決めているが、今夜ばかりは飲んでへべれけになりたいと思った。素面《しらふ》で酔っぱらいの相手をし続けるのは、ものすごく骨が折れる。

「だからぁ、葉鳥はえらいと思うわけ。あんた、えらいよ。すごく頑張ってるよ、うん」

髪を鷲《わし》摑みされるように、頭を乱暴に撫でられた。もう相槌を打つのも嫌になってきた。

美津香はしばらく新藤の愚痴《ぐち》をこぼしていたが、やがてテーブルに突っ伏して眠ってしまった。

すると隣のテーブルに座っていた角刈りの中年男が「なあ、兄ちゃん」と葉鳥に声をかけてきた。

「今日は八代さん、いないのかい?」

「いや、車で待ってるけど。店の向かい側にあるコインパーキング」

「じゃあ、俺が呼んできてやるよ。あんたひとりじゃ、ミーちゃん運べないだろう」

気がいいというかお節介というか、男は葉鳥の返事も聞かずに立ち上がった。しばらくすると男が八代を連れて戻ってきた。

「葉鳥さん。美津香さんがご迷惑をおかけして申し訳ありません」

八代は葉鳥に頭を下げ、靴を脱いで座敷に上がってきた。

「俺はいいけど、もう連れて帰ったほうがいいんじゃない?」

「はい。……美津香さん。帰りましょう」

「んー。うるさいなぁ。まだ帰らないわよ」

肩を揺すった八代の手を払いのけ、美津香はビールをひとくち飲んでから、「まだ飲み足りないいんだって」と言いながら座布団の上で横になってしまった。八代は自分の背広を脱いで、美津香の身体にかけた。真面目くさった顔つきで八代がこっそり溜め息をついたので、なんだか可笑しくなった。

「八代さんも大変だね。このわがままなお姫様の面倒を、十五年も見ているんだって？」

「はい。オヤジの命令で、美津香さんが十一歳の時からずっと仕えています」

「嫌にならないの？」

自分なら一日で嫌になると思ったが、八代は「ならないですね」と静かに答えた。

「美津香さんをお守りすることが、自分の仕事ですから。こう言ってはなんですが、新藤さんと結婚されたことで身辺の危険が増したので、なおさらしっかりお守りしなくてはと思ってます」

淡々とした口調だったが、美津香の寝顔を見つめる目つきの柔らかさで、葉鳥にはわかってしまった。

八代は美津香が好きなのだ。多分、惚れている。葉鳥に見抜けたのだから、美津香だって気づいているだろう。気づいた上で八代を振り回しているなら、残酷な女だと思った。

「酔いも覚めたし、もう一軒、行くわよ」

美津香は危なっかしい足取りで、人通りの絶えた寂しい裏通りをどんどん歩いていく。

「あっ」

躓《つまず》きかけた美津香を、八代が素早く支えた。だが美津香は八代の手を「邪魔」と払いのけ、反対側にいた葉鳥の腕を摑んだ。

「ねえ、葉鳥。あんた、ウーロン茶ばっかで楽しいわけ?」

「楽しくない」

「じゃあ飲めばいいのに。長い人生、夜くらい酔わなきゃやってらんないでしょ」

「酔っても人生そのものが楽しくなるわけじゃないし」

二度とドラッグには手を出さないと決めている。だから酒も飲まない。飲酒が即、薬に繫《つな》がるわけではないが、理性を弱めるものはシャットアウトするに限る。

「何よ、えらそーに。私はお酒がないと生きてけない。酔ってる時だけは、いろんなものから解放されて自由になれるもの」

美津香はけらけら笑っていたが、葉鳥にはなぜかそんな姿が痛々しく見えた。美津香もまた寂しい女なのかもしれない。心に大きな空洞を抱えて生きている。その空洞を酒や遊びで埋めようとしているのだろう。

「美津香さん。今日はもう帰りましょう。葉鳥さんも困ってますよ」

八代の言葉に、美津香は「うるさい」と言い返した。

「いつ帰るかは私が決める。あんたは黙ってついてくればいいのよ」

美津香は不機嫌そうに言い放ち、八代と葉鳥に背中を向けて歩き始めた。仕方なくふたりで追いかけたが、曲がり角のところで美津香が若い男たちの集団とぶつかった。

「いってー。どこ見て歩いてんだよ」

髭《ひげ》を生やした二十代前半くらいの男は、美津香に顔を近づけてすごんできた。明らかに酒が入っているし、どこからどう見ても質のよくなさそうな男たちだった。全部で六人もいる。

「前見て歩いてたわよ。邪魔だからどいて」

美津香はまったく動じず、男の胸を突いた。遠慮のない力加減だった。当然、男の顔色が変わった。

「何すんだ、このアマ！」

激昂《げっこう》した男は美津香に摑みかかろうとしたが、八代のほうが早かった。八代は男の腕を素早く摑み、背中でねじ上げた。男の顔が激しく歪《ゆが》む。

「痛い、なんだよ、こいつっ」

「おい、おっさん。何してやが——」

助けに入ろうとしたドレッドヘアの男は、八代のパンチを食らって地面に倒れ込んだ。葉鳥はヒューッと口笛を吹いた。目が覚めるような見事なパンチだった。

「てめぇ！　調子ぶっこいてんじゃねぇぞっ！」

男たちの形相《ぎょうそう》が一変した。怒りに満ちた表情で八代を取り囲んでいく。全員、ある程度は喧嘩慣れしてそうな悪ばかりだ。八代がいくら強くても分が悪い。

葉鳥は咄嗟《とっさ》の判断で、美津香の腕を掴んで走りだした。腕に覚えのない自分が加勢するより、守るべき美津香がいなくなったほうが、八代も戦いやすいだろうと思ったのだ。

ところが美津香は「嫌っ」と叫んで、葉鳥の腕を振り払った。

「八代を置いて逃げられないっ」

美津香はそう叫ぶなり、八代を取り囲んでいた男のひとりに飛びかかっていった。果敢に男の髪を引っ掴み、背中から猛然と蹴りを入れる姿を見て、葉鳥は啞然《あぜん》となった。凶暴すぎる。

「いてぇ……っ。なんなんだ、このクソ女！」

美津香は男に乱暴に突き飛ばされ、背中から壁に激突して地面に崩れ落ちた。葉鳥は素早く美津香に駆け寄ったが、ぐったりして意識がない。

「美津香っ、大丈夫か？　しっかりしろ」

　美津香の頬を叩いていると、背後から男が襲ってきた。頭を蹴られそうになったがすんでのところでかわし、葉鳥はそのまま相手の足にタックルした。

　片足にしがみつかれた男はバランスを崩し、もんどり打って後ろに倒れ込んだ。後頭部を強打した男が、頭を押さえて唸《うな》る。

　葉鳥は背広のポケットから小瓶を取り出し、男の顔をめがけて中身をぶちまけた。男の顔に大量の赤い粉が降りかかる。男は「うわっ」と叫んで目を押さえた。

「一味唐辛子って目に入るときついよね」

　男は「ひぃ……っ」と悲痛な声を上げながら、目から涙を流し始めた。口と鼻からも入ったらしく、咳《せ》き込んで苦しそうだ。

　美津香の言葉を真に受けて、一味唐辛子の瓶をポケットに忍ばせてきたのだが正解だった。いざという時、唐辛子はいい目潰しにもなる。ナイフを持ち歩いて職質でもされればアウトだが、調味料なら問題はないという気持ちもあった。

　八代はすでに二人を倒し、残る二人の男とやり合っていた。ひとりはこのグループのリーダーらしき大男で、もうひとりは小柄だが筋肉質の男だった。首にタトゥーを入れている。どちらも腕に覚えのある連中らしく、八代は苦戦している。

葉鳥はやっぱり本格的に格闘技を習おうと心に決めながら、タトゥーの男に背後からそっと近づき、思い切りふくらはぎを蹴飛ばした。

不意をつかれた男は転んで尻餅をついた。すかさず脇腹を蹴ったが屈強な男だったので、たいして効果はなかったようだ。男は憤怒《ふんぬ》の形相で起き上がり、葉鳥に向かって突進してきた。

一味唐辛子をもうひと瓶持ってくればよかったと後悔しつつ、葉鳥は素早く逃げ回った。まともにやり合えば、一瞬で倒されてしまう。

だが逃げ切れず、とうとう捕まった。顔に重いパンチを受け、頰骨のあたりに重い衝撃が走った。

痛いなんてものではなかったが、葉鳥はその痛みに発憤した。アドレナリンの作用で言うところの闘争か逃走で言うなら、完全に闘争のほうにスイッチが入った。

「あのさ。俺、痛いと興奮しちゃうんだよね。なんか、すげぇいい感じになってきた」

殴られた頰を押さえながら、へらへら笑った。

「はあ?　なに気持ち悪いこと言ってんだ」

タトゥー男が吐き捨てるように言った。葉鳥は「痛いの痛いの大好き〜」と歌いながらファイティングポーズを取り、膝《ひざ》を使って身体を揺らした。戦闘モードを見せつけておいてから、葉鳥は急にタトゥー男の背後に視線を向けて、「あっ」と驚いた表情を浮かべた。

「嘘《うそ》……。やべぇ」

呆然《ぼうぜん》と呟くと、タトゥー男はつられて背後を振り返った。葉鳥はニヤッと笑い、タトゥー男の左頰に拳《こぶし》を打ち込んだ。それほどの威力ではなかったが、隙をつかれたタトゥー男は一瞬、無防備になった。

「キンタマキーック！」

叫びながら股間《こかん》を蹴り上げた。まともにキン蹴りが決まり、タトゥー男は唸りながら股間を押さえて膝をついた。

「そうだよねー。どうしても内股になっちゃうよねー。わかるわかる」

「放してよっ」

背後で美津香の声が聞こえた。意識を取り戻して立ち上がった美津香に、ドレッドヘアの男が襲いかかっていた。最初に八代に殴られて倒れていた男だ。美津香を壁際に追いつめている。

葉鳥が動くより早く、八代が猛然とダッシュしてドレッドヘアに体当たりした。ドレッドヘアの身体が吹き飛び、地面の上を転がっていく。八代の細い身体の一体どこに、そんなパワーがあるんだと驚かされた。

「美津香さん、怪我《けが》はありませんか？」

八代が美津香に腕を伸ばそうとしたその時だった。リーダー格の男が八代の背中にぶつかっていった。八代は弾《はず》みで前のめりになったが、壁に両手をついて踏ん張った。その姿は美津香を腕の中に閉じこめ、すべてのものから守っているようにも見えた。

リーダー格の男が八代から離れた。手が赤く濡《ぬ》れている。

「お、おい……っ」

タトゥー男が上擦った声を出した。驚いたのは葉鳥も同じだった。八代の背広の背中から奇妙なものが生えている。どう見てもナイフの柄だ。

「お前、それ、や、やばいだろ……っ」

「しょうがねぇだろ。こうでもしないと、片がつかなかったんだ」

リーダー格の男も動揺していた。カッとなって刺してしまったが、血を見て我に返ったという様子だった。

「おい、逃げるぞっ。カズ、立てよっ」

リーダー格の男とタトゥー男は仲間をかき集め、逃げるようにその場から去っていった。

「八代……?」

急に逃げだした男たちと、動かなくなった八代を不審に思ったのか、美津香が怪訝《けげん》な表情を浮かべる。

「どうしたの、八代? やし――あっ」

八代が壁に手をついたまま、ずるずると上体を落とし始めた。腕で支えきれなくなった美津香は、八代を抱えたまま地面にしゃがみ込んだ。

八代の上体が自分のほうに崩れたせいで、美津香はやっと何が起きたのかを知った。八代の背中に刺さったナイフに気づいたのだ。

黒っぽい背広の背中はじっとりと濡れていた。そこに触れた美津香の白い手が真っ赤に染まる。

「八代！　嘘でしょ……っ、八代……！」

「駄目だ、美津香。動かさないで。出血が増える」

葉鳥は美津香の血だらけの腕を摑んだ。八代は青ざめた顔で目を閉じているが、意識はあるようだった。ただ息がひどく苦しげだ。

「救急車、呼ばなきゃ」

美津香は我に返ったように葉鳥の手を振り払い、八代の背広のポケットに手を入れた。取り出したのは八代の携帯だった。すぐに一一九に電話をかけ始める。

「路上で人が刺されました。すぐに救急車をお願いします。場所は——」

手はわずかに震えていたが、オペレーターに向かって喋る声はしっかりしていた。電話を切るなり美津香が「行って」と言った。

「すぐ救急車が来るわ。あんたはここにいないほうがいい」

葉鳥は「は？」と聞き返した。

「何言ってんだよ。俺も一緒にいるよ」

「駄目。警察が来たら面倒なことになるでしょ。あんたは最初からいなかった。私と八代だけが襲われた。そういうことにしておくから、もう行きなさい」

「美津香……」

確かに自分がここにいて、警察にいろいろ聞かれるとややこしいことになる。

葉鳥は世間的に見れば家出中の未成年だ。それが深夜にヤクザの女房と一緒にいたとなれば、警察も放っておかないだろう。いろいろ調べられたら、最終的には新藤に迷惑がかかってしまう。

「でも、美津香を置いていけないよ」

「私なら平気よ。隆征さんには迷惑をかけたくないの。だから行って」

気丈な女だと思った。こんな状態でも物事を冷静に考えている。

「わかった。行くよ。……本当に大丈夫？」

「ええ。八代はこんなことで死んだりしない。死ぬことは私が許さないもの。わかってるわよね、八代？」

　美津香の問いかけに八代はかすかに頷いた。唇にはなぜか笑みが浮かんでいる。刺された自分の間抜けさを笑っているようにも見えるし、生死にまで命令を下す美津香の女王さまぶりが可笑しく笑っているようにも見えた。

「八代さん、笑ってる」

「変な男。普段は絶対に笑わないくせに」

　美津香は血だらけの八代を胸に抱きながら、短い髪を優しく撫でた。その表情は不思議と満ち足りていて、どこか幸せそうにも見えた。

　結果から言うと、八代は一命を取り留めた。しかし脊髄《せきずい》神経を傷つけられたせいで下半身に麻痺《まひ》が生じ、右足に軽い障害が残った。要するに以前のようには歩けなくなったということだ。

「これから八代の見舞いに行くつもりだが、お前も行くか?」

　事件から三日後、新藤にそう尋ねられた。葉鳥は「行く」と即答して、新藤と河野と共に黒崎の運転するベンツに乗り込んだ。

　八代は品川《しながわ》にある総合病院に入院していた。個室の病室には立派なアレンジメントの花がいくつも置かれ、新藤の舎弟のひとりが献身的に八代に付き添っていた。至れり尽くせりだが、美津香を守るために怪我をしたのだから新藤の当然の配慮だろう。

八代は病室に現れた新藤を見て、電動ベッドのスイッチを押そうとした。

「八代、そのままでいい」

新藤に止められた八代は、「申し訳ありません」とベッドの上に横たわったまま頭を下げた。

新藤はベッド脇の椅子に腰を下ろしたが、葉鳥は背後に立ったままでいた。

「見舞いに来るのが遅くなってすまない。美津香の許可が下りなくてな」

新藤が苦笑混じりに告げると、八代はどう反応していいのかわからないといった表情で「そうですか」と呟いた。

「礼を言わせてくれ。美津香をよく守ってくれた。心から感謝している」

「いえ。当然のことをしたまでです。……子供みたいなチンピラ相手にこのざまで、情けない限りです」

八代はまだ傷が痛むのか、喋るのも少し辛《つら》そうだった。

「新藤さん。お願いがあります」

「ああ。なんでも言ってくれ」

新藤はすぐに応えたが、八代はしばらく黙ったままだった。自分の気持ちを定めているような気配が伝わってきて、葉鳥はあらたまって何を切り出すつもりなんだろうと怪訝に思った。

「私は美津香さんのお付きをやめます。認めていただけますか」

「やめるって、どうしてだよ？　八代さん、美津香を守るのが自分の仕事だって言ってたじゃないか。なんで急にそんなこと言い出すんだよ」

驚きのあまり思わず口を挟んでしまった。八代は葉鳥に目をやり、「この足ではもう無理ですよ」と力なく笑った。

「でもリハビリしたら、歩けるようになるんだろ」

「歩けたとしても走れません。そんな男に人を守る仕事はできないでしょう。……私はもう年です。以前から年齢的にも美津香さんのお付きは難しくなってきたと感じてましたが、今回のことで心が決まりました。美津香さんの護衛は若くて体力のある人間がいい。新藤さん、美津香さんのお付きをやめてもよろしいですか？」

「お前はうちの組員じゃないから、何を決めるのにも俺の許可はいらない。美津香と美津香の親がいいと言うなら、好きにすればいい」

八代はどこかホッとしたように、「ありがとうございます」と礼を言った。

「無理だよ。美津香は認めないって。八代さんのことすごく信頼してるし、すごく必要としているのに、急にやめるなんて絶対に認めないよ」

「葉鳥さん。美津香さんにはもうお話ししてあります。承諾もいただきました」

「え……？」

信じられなかった。葉鳥の目に美津香と八代の絆は、誰にも断てない強いものとして映っていただけに、そんなに簡単にふたりの繋がりが切れてしまうなんて納得がいかなかった。

「だけど――」

「忍。お前が口を挟む問題じゃない」

新藤にたしなめられて口を閉じたが、言いたいことは山ほどあった。あんた、本当にそれでいいわけ？　美津香が好きなんだろう？　十五年も見守ってきて、こんな終わり方で満足しているのかよ？

八代の選択にどうしても納得がいかず、怒りさえ湧《わ》いてくる。別に葉鳥が怒るようなことでもないのだが、どうにも悔《くや》しくてならなかった。

もしかしたら報われなくても美津香を守り続けてきた八代の姿に、自分を重ねていたのかもしれない。だから諦《あきら》めてしまった八代に失望しているのだろうか。

俺は何があっても新藤さんを諦めたりしない。たとえ愛してもらえなくても、ずっとそばにいる。ずっとこの人を支え続ける。今はまだ何もできない無力な子供だとしても――。

「俺、先に車に戻ってる」

「忍さん？」

河野の声を無視して病室を出た。鼻息も荒く廊下を歩いていたら、乙女チックな白いワンピースを着た女が前方からやってきた。

美津香だった。すっぴんのせいか女子高生みたいに若く見える。美津香は目つきの悪い小太りの男を従えていた。美津香の親が寄越した臨時の護衛役だろうが、そんな男はあんたに似合わないと言ってやりたかった。

「隆征さんが来てるのね。で、あんたはどこに行くの？」

「どこだっていいだろう」

「あら怖い。ご機嫌斜めね。お姉さんが売店でチョコ買ってあげるから、ついてきなさい」

美津香はお付きの男に「見えないところに消えてて」と命令し、長いワンピースの裾をひらひらさせながら歩きだした。美津香は本当に売店に立ち寄るとアーモンドの入ったチョコレートを買い、空いているソファに腰を下ろした。

「はい」

美津香は一粒を指で摘《つま》み、隣に座った葉鳥の口に押しつけてきた。葉鳥は黙ってチョコを食べた。美津香も食べた。アーモンドを嚙《か》み砕く音だけが聞こえてくる。

「いいのかよ。八代さんはあんたの大事な花嫁道具だろ。手放すなんてどうかしてる」

「しょうがないじゃない。本人がやめたいって言ってるんだから。八代はああ見えて、すごく頑固な男なのよ。一度こうと決めたら、気持ちは絶対に変えない。それは誰よりも私が一番よく知ってるの」

美津香はふたつめのチョコを口に放り込んだ。葉鳥も手を伸ばしてチョコを取る。

「だけど、あの人、美津香に惚れてるんだろ？」

「ええ。昔からずーっとね。でも八代は恋愛感情より忠義心を優先させる頭の固い男だから、何があっても私に手を出したりしない。裸になって誘ったこともあるけど、全然駄目だったわ」

「……ひでぇ女」

呆れてしまい、思ったままの気持ちを口に出して言ってしまった。

「男の純情を弄《もてあそ》ぶなよ」

「何言ってんのよ。八代のほうがひどいわよ。裸の私を見て興奮もしないのよ？　冷静な態度で服を着せて、勘弁してくださいって真剣に謝るってどうなのよ。忠義を貫くためには、女の純情だって平気で踏みにじるような男なんだから、本当に頭にくる」

葉鳥は口に入れたチョコを食べるのも忘れ、美津香の横顔をひらすら凝視した。

「何よ？　変な顔して」

「じゃあ、もしかして美津香も、八代さんのこと……？　つまり、両想いってわけ？」

「両想いじゃないわよ。あいつは私に惚れていても、絶対に男として接しようとしないんだから、片想いより救いがないじゃない。八代の態度は絶対に変わらないってわかってたから、私ももうとっくに諦めて、あいつに何も望んじゃいなかった。むしろ、だったらとことん忠義を尽くしてもらおうじゃないのって思ってた。でも、それすらもう駄目みたい。真面目な男は真面目に考えて真面目に去っていくってわけよ。あー馬鹿馬鹿しい。……あげる」

美津香はチョコレートの箱を葉鳥の手に押しつけた。

「八代ね、退院したらこの世界から足を洗って、田舎に帰るんだって。親が細々と農業やってて、もう年で大変そうだから仕事を手伝うって。笑えるよね。ヤクザのくせに畑仕事だって」

愛《いと》しい男が自分のそばから離れていくというのに、美津香はあっけらかんと笑っていた。無理をしているふうでもない。いつかこういう日が来ることを、覚悟していたのかもしれない。

愛しているのに抱かない男と、愛されているのに抱かれない女。どちらが辛いのかなんて葉鳥にはわからないが、世の中にはいろんな愛の形があるということだけはわかった。

「あー。男なんてみんな馬鹿よね。八代も隆征さんもあんたも、みーんな馬鹿。馬鹿ばっかり」

「そういう美津香は賢いのかよ」

葉鳥が尋ねると美津香は「やっぱり馬鹿ね、あんた」と苦笑した。

「馬鹿に惚れるような女が利口なわけないじゃない」

自分を馬鹿だと笑い飛ばせる美津香は、強い女だと思った。同時に女々《めめ》しいのはいつだって男のほうかもな、と思う。

「なんか面白いことないかな。……そうだ。子供でもつくろうかな。私が赤ちゃん産んだら、葉鳥、ベビーシッターしてくれる？」

「あのさ。子供をつくるとかそういうことって、思いつきで言うもんじゃないだろ」

溜め息混じりに言ってやった。非常識に生きてきた葉鳥だが、美津香といると自分が常識人になった気がする。

「思いつきでもいいじゃない」

「美津香に子育てなんてできないから、やめておけって」

「大丈夫よ。いざとなったら実家に預けるし。母親が赤ちゃんの面倒は見てあげるから、早く子供をつくりなさいってうるさいのよ。孫が欲しくてたまらないみたい」

さすがは美津香の母親だと思った。この親にしてこの子ありとはこのことだ。

「でも隆征さんが子供はいらないって言ってるから難しいかな。あんた、説得してくれない？」

「断る。なんで俺がそんなことしなきゃいけないんだよ。相手間違ってるだろ」

愛人に向かって失礼にもほどがある。口が裂けたって新藤に対して子作りに励めなんて言うものか。

「言っておくけど、俺、子供は超苦手。っていうか超嫌いだからな」

葉鳥はムスッとしながら新しいチョコを口に放り込んだ。

3

シャワーを浴び終えた新藤が、バスローブ姿でリビングに戻ってきた。先に入浴を済ませていた葉鳥は、スウェットのズボンとTシャツ姿でだらしなく足を投げ出してソファに座っていたが、新藤の姿を見て立ち上がった。

「何か飲む？　ビール？　それとも水割りでもつくろうか？」

キッチンに向かおうとしたが、すれ違いざまに手首を握られた。

「いい。それより座れ」

なんだろうと思いながらも、葉鳥は素直に腰を下ろした。新藤は隣に座るとテレビのリモコンを手に取り、音のボリュームを下げた。

「ずっと元気がないな。八代のことを気にしているのか？」

「うん。まあ、そんなとこ」

実際は八代だけではなく美津香のことも気がかりだった。

「お前が気に病むことはない」

「そうだけどさ。……ねえ。今日は美津香の部屋に行ってあげなよ。そのほうがいい」

葉鳥は新藤に身体を向けて訴えた。新藤は苦笑を浮かべ、「なぜ？」と尋ねた。

「なぜって、それは……」

惚れた男を失うことになった美津香を慰めてあげてほしい。それが本音だったがさすがに夫の新藤に言ってもいいことじゃない。

「八代を手放すことになって、美津香が悲しがっているからか？　好きな男との別れは辛いだろうが、あいつは俺の慰めなど必要としていない」

「え……。じゃあ美津香の気持ち、前から知ってたんだ？」

「ああ。結婚前から知っていた。八代の気持ちも美津香の気持ちもな。結婚する時、俺は美津香に言ったよ。お前を一生大事にするが恋愛という意味では愛せない。だから八代を愛人にしても構わないと。美津香は八代が愛人になるなんてことは、絶対にあり得ないと笑っていた。実際、八代はそういう堅物《かたぶつ》の男だった」

変な夫婦だと思った。お互いを深く理解して好意も持っているのに、男と女として愛し合えないのだ。だが新藤と美津香の間には他人には計り知れない絆がある。それだけはわかった。

「美津香のこと、どうして女として愛せないの？」

「あいつは俺に似すぎているんだ。大事に思っているが、あくまでも戦友みたいなものだ。あいつも同じような気持ちだろう」

　葉鳥はそうだろうかと思った。美津香は新藤さえ本気で求めてくれれば、応えたい気持ちは持っているように見える。だが新藤が最初からそういう態度だから、何も望まないように自分を抑えているのではないか。

「それでもやっぱり美津香のところに行ってあげなよ。女として愛してなくても、大事な相手に変わりはないんだろう？」

「病院で会った時、食事でもどうだと誘ったら、他の男と約束があると言って断られた」

　新藤はむっつりとした表情で言った。お前に指図《さしず》されるまでもなく、やることはやっているんだと言いたげな態度に、葉鳥はしまったと思った。男の面目を潰されていたことも知らず、余計なことを言ってしまった。

「ごめん。で、でも、美津香、誘ってもらえて嬉しかったと思うよ」

「お前、やっぱり俺に惚れてないな」

　珍しく新藤が不機嫌もあらわな表情で言った。葉鳥はびっくりして「ええ、なんでっ？」と叫んでしまった。

「惚れてるよ。惚れまくってる。もう惚れて惚れて惚れすぎて困ってるのに、なんでそういうこと言うわけ？」

「本当に惚れていたら、他の女に会いに行けなんて言わないだろう。前から思っていたが、お前の気持ちは恋愛感情じゃない。ただの忠誠心だ」

新藤に一方的に断言され、葉鳥はショックのあまり声も出せなかった。

「本気で俺の愛人になりたいわけじゃないんだろう？　もともとは舎弟希望だったしな。だったら、もう無理はしなくていい。今からでも舎弟見習いとして――」

新藤が口を閉ざした。驚いたように葉鳥を見ている。葉鳥の目に涙が浮かんでいるのに気づいたのだ。

「……ひでぇよ。なんで、そんなこと言うんだよ……？」

葉鳥は顔を歪めながら言った。悲しくて悲しくて胸が痛かった。痛くて痛くて息もできない。

「なんで、俺の気持ち、新藤さんが決めちゃうわけ……？　俺の気持ちは、俺のもんだろ？　どうしてあんたに勝手に否定されなきゃいけないんだよ……っ」

拳で新藤の厚い胸を叩いた。二度、三度と叩き続ける。

「確かに忠誠心あるよ。ばりばりある。あんたのためなら、なんだってできるし、したいって思ってる。でも同時に惚れてるんだよ。すげぇ惚れてる。美津香に嫉妬《しっと》しないから惚れてないとか言われても、俺、そんなの困る。だって俺、まだ愛人にすらしてもらってない愛人候補生じゃん。そんな俺が奥さんに嫉妬するなんて百万年早いだろ。厚かましいにもほどがあるよ。

俺、馬鹿な子供だけど、いろいろわきまえてるつもりで、でもだからって、自分の気持ち、あんたに否定されるのは嫌だ……っ」

泣きながら喋っていたら、さらに悲しくなってきた。物心がついてから、こんなふうに他人の前で泣くのは初めてだ。恥ずかしいと思ったが涙は止まらない。

「すまない。俺が悪かった」

新藤に抱き寄せられた。大きな胸に深く包まれ、息が止まりそうになる。葉鳥から抱きつくことはあっても、新藤から抱き締めてくれたことはなく、これが初めての抱擁だった。

「確かにお前の気持ちはお前のものだ。俺が決めつけていいものじゃないな。悪かった。だからもう泣くな」

新藤の温もりが嬉しい。優しい言葉も嬉しい。何もかも嬉しくて心も身体もとろけそうになる。葉鳥は濡れた頬をバスローブの胸にぐいぐい押し当て、涙を拭いた。

「大丈夫。もう泣いてないよ」

新藤の腕の中で顔を上げると、「まだ濡れてる」と指先で涙を拭《ぬぐ》われた。それだけでも目がくらみそうなほど幸せなのに、新藤は何を思ったのか葉鳥の目尻にそっとキスをした。柔らかな唇と温かい吐息の感触に胸が震えた。

「……駄目」

「ん？」

「幸せすぎて死んじゃいそう」

新藤は冗談だと思ったのか「死なれたら困る」と薄く笑った。

「そういえば、まだ言ってなかったな。美津香を守ってくれたことに感謝してる。お前を愛人にしてよかった」

そんなふうに言ってもらえるとは思っていなかったので、感激で胸がいっぱいになった。葉鳥は照れ隠しで「まだ候補生だけどね」とおどけてみせた。

「いや。お前は今夜から俺の正式な愛人だ。試用期間はもう終わった」

「え……？」

びっくりして顔を上げたらキスされた。心の準備がまったくできていなかったので、一方的に唇を貪《むさぼ》られた。短いがこれまでの軽く触れるだけのキスとはまったく違った。

「どうした？　嬉しくないのか？」

唇を離した新藤が、額を合わせながら囁いてくる。

「う、嬉しいけど……。でも急にどうして？」

「お前の気持ちに根負けした。正直に言えば俺に相手にされなくて、そのうちお前は嫌気がさして出ていくだろうと思っていた。俺もそれを願っていた」

葉鳥はそれを聞いて、「やっぱり」と呟いた。

「俺、邪魔だったんだね」

「最初はな。俺のような立場の人間が、未成年の子供を自分の家に住まわせるのは危険だ。正直、厄介な奴に懐かれたと思っていたよ。だがそれは最初だけだ。すぐにお前のいる暮らしが気に入った。俺は他人と暮らせない性格だが、お前だけは平気だった」

「本当にっ？」

葉鳥は嬉しくて勢いよく尋ねた。

「ああ。だからお前の気持ちが変わらなければ、二十歳になったら正式な愛人にするつもりだった」

「時期が早まったのはどうして？」

新藤は魅力的な笑みを浮かべ、葉鳥の唇をそっと指で撫でた。

「お前の気持ちは子供の気まぐれじゃないと信じたくなった。それに疑り深い俺自身を変えてみたくなった。……忍。俺は美津香と結婚した。恋愛感情はなくても、妻として誰よりも大切にしていくつもりだ。お前は本当に愛人でいいのか？　その立場に我慢できるか？」

「できるよ。最初から愛人志願でここに住み始めたんだよ？　今更、あんたに奥さんができたからって、ぐだぐだ言ったりしない」

新藤は小さく頷き、葉鳥の頬に手を添えた。

「美津香は生まれながらにして薔薇のような女だが、お前は道ばたに咲く名もなき花だ。美しさや高貴さでは薔薇に敵《かな》わないだろうが、名もなき花は踏みつけられても、水がなくてもたくましく生き延びていく。俺は自分の人生に、そういう強い花を必要としているらしい。……忍。俺にすべてを捧げられるか？」

低い声で覚悟のほどを聞かれ、葉鳥は「何言ってんだよ」と口の端をニッと吊《つ》り上げた。

「とっくに全部捧げてる」

「……そうだったな」

挑むような葉鳥の眼差しを、新藤は微笑《ほほえ》みで受け止めた。身体の奥がキュンとなるほど優しい顔だった。葉鳥はたまらず新藤の首に両腕を回して、自分からキスをねだった。すぐに新藤の唇が重なり、熱い舌が深くまで入ってくる。

「ん」

舌先が触れ合った瞬間、痺《しび》れるような快感に襲われ喉《のど》が鳴った。クールな見た目とは裏腹に新藤のキスは情熱的だった。けれどがっついてはおらず、適度な間を取って焦《じ》らすことで、確実に葉鳥の劣情のテンションを高めていく。

「……新藤さん。エッチの最中に乱れすぎる女って嫌い？　控えめなほうが好き？」

キスの合間に尋ねたら「いきなりなんだ?」と苦笑された。

「だって最初に聞いておかないと。俺、キスだけで、すげぇエロい気分になってる。このままだと、きっと自制できない。乱れすぎて嫌われたくないから、新藤さんの好みが知りたい」

「くだらないことを心配するな。いつだってお前らしくあればいいんだ。感じるなら、感じるままにいくらでも乱れろ。自分の愛人が乱れすぎたからといって、誰が興醒《きょうざ》めする」

そう囁いたあとで耳朶《じだ》をやんわり噛まれ、葉鳥はずるいと思った。そんなふうに言われたら、嬉しくていくらでも淫乱になってしまう。待ての時間が長かったからなおさらだ。

「だったらベッドに行こう。ソファだと思うように動けない」

立ち上がって手を差し出すと、新藤は葉鳥の手を掴んで一緒に歩きだした。


「ん、新藤さ……あ、そこ、駄目……っ。あ、ん……っ」

身体の一番深い場所をまさぐられながら、同時に乳首を熱い舌先でねっとり転がされると、どちらも感じすぎてわけがわからなくなる。ぷっつりと勃起《ぼっき》した小さな乳首は、新藤に愛撫《あいぶ》されるほど赤味を増していくようだ。

粘りけのあるローションにまみれた新藤の指は、卑猥《ひわい》な音を立てながら葉鳥の後孔の中で巧みに動いていた。新藤のあのきれいな指が、自分の中でいやらしく動いていると思うだけで、快感とは別の興奮が募り、腰が勝手に揺れてしまう。

嬉しい誤算だった。もっと淡泊なセックスを予想していたのに、新藤の愛撫は想像以上に執《しつ》拗《よう》だった。葉鳥の乱れる姿をじっくりと楽しんでいるのがわかる。自分を見る新藤の瞳にはちゃんと欲情の色が宿っていて、それが嬉しくてならなかった。

「ね、もう挿《い》れてよ……、でないと俺、ひとりで達《い》っちゃう……」

「後ろだけで達けるのか？　前も触らないと無理だろう」

「達くよ。マジで今にも達きそうだもん。多分、乳首だけでも達ける」

本気で言ったのに「器用だな」と笑われた。新藤はわかってない。葉鳥がどれだけこの時を待ちわびていたのか。新藤に求められているという事実だけで、いくらでも興奮が募って快感が生まれてくるのだ。

「本当だよ。でも今日は嫌だ。初めてだから新藤さんと一緒に達きたい。だからもう挿れてよ」

新藤の雄もずっと勃《た》ったままだ。こんな状態でよく長々と愛撫できるものだと感心する。葉鳥は新藤のものを握り、「これ」と囁いた。

「これが欲しい。俺の中に挿れて、好きなだけ激しく突いてほしい。それから、一番奥で出して」

言いながら新藤のたくましい腰を自分のほうに引き寄せる。散々、新藤に弄《いじ》られたそこはもう十分に緩《ゆる》んでいる。興奮と快感のせいでじんじんと疼《うず》いて充血しきっているから、きっと柔らかく新藤のものを包み込むはずだ。

「中に出してほしいのか?」

「うん。だって新藤さんが俺の中で達く瞬間を想像しながら、ずっと自分で抜いてたんだよ。中出ししてもらえなかったら、俺泣く」

新藤は笑いをこらえるような顔つきで「泣かれたら困る」と言い、葉鳥のそこに自分のものを押し当てた。

先端が触れただけで「あ」と切羽詰まった声が出た。新藤の雄がじわじわと入ってくる。大きなもので中を押し広げられる感覚に目がくらんだ。

「動くぞ」

新藤の問いかけに言葉で答える余裕もなく、葉鳥は声もなく頷いた。新藤は葉鳥の中の感触を楽しむように、まずは浅くゆっくりと突き上げてきた。

その動きに飽きると今度は力強く突き立て、時間をかけて引き抜いていく。変化をつけた抜き差しがたまらなくて、葉鳥は新藤の巧みな抽挿の虜《とりこ》になった。

「ん、いい、それ、すごくいい……っ、あ、当たってる、そこ、いい……っ」

　感じる部分を先端でごりごりと抉《えぐ》られ、身体が小刻みに痙攣《けいれん》した。抱かれてみてわかった。新藤は男も相当こなしている。でなければ、こんなふうに前立腺のある場所を的確には突けないだろう。

　今までどんな男を抱いてきたのだろうと思ったら、悔しくなってきた。負けん気の強い葉鳥は新藤が抱いてきた男たちに嫉妬を覚え、めらめらと対抗心を燃やした。

　もっと新藤を興奮させてやりたい。今まで手を出さなかったことを後悔するくらい夢中にさせてやりたい。そう思ったら本来の性分である、男をたぶらかして楽しむ小悪魔的性癖が頭をもたげてきた。

「新藤さん、後ろからして……。俺、後ろから責められるほうが、興奮するんだ……」

　自ら俯《うつぶ》せになり、猫のように背筋をそらせて尻だけを高く掲げた。あからさまな誘い方が嫌いな男もいるので、手で少し隠して恥じらいも残しておく。

「なるほど。いつもそうやって男をたぶらかしているのか。確かにそそられる尻だ。こんな可愛い尻を目の前でいやらしく揺らされたら、大抵の男は夢中になるな」

　新藤のほうが上手だった。葉鳥の演技を見抜いている。でも構わなかった。バックが好きなのも、新藤が欲しいのも演技ではない。

「だったら新藤さんも夢中になってよ。後ろからは嫌？」

「嫌なわけがない」

新藤はそう言うと葉鳥の双丘を摑んだ。弾力のある尻の肉を熱い手で揉みしだかれ、そこを開かれる。

窄《すぼ》まりに熱い視線を感じた。葉鳥はそれだけで感じて甘い溜め息をもらした。

「駄目。見られているだけで感じてきた……」

「ああ。そうみたいだな」

先走りがあふれて、細い糸を引いて垂れていく。新藤は葉鳥のペニスにそっと指を這《は》わせ、そのまま手のひらで軽く袋を揉んだ。

「挿れて」

焦らされた葉鳥は本気でねだった。誘うはずが、また余裕をなくしていた。新藤が相手だと演技など無理だとわかった。ただ欲しくて欲しくて、何も考えられなくなる。

「新藤さん、早く……っ」

「注文の多い奴だな」

笑いを含んだ声で言われたが、もうそんなことに構っていられなかった。新藤のものを再び挿入されると、葉鳥は無我夢中になって腰を動かした。挿れられている葉鳥のほうが新藤を犯している勢いだ。

「お前、少しはじっとしていられないのか？」

「無理、だって、あ、ん……っ、新藤さんが、もっと欲しい――あっ」

ピシャッと尻を叩かれてびっくりした。一瞬、新藤にはスパンキングの趣味があるのかと思ったが、そうではなかった。

「あんまり暴れるな。今は俺が抱いているんだ。あとで上に乗せてやるから、その時に好きなだけ腰を振れ」

叱るように言われ、葉鳥は「はい」と答えた。セックスの最中に腰を振りすぎだと注意されたのは初めてだ。

新藤は葉鳥の腰を押さえつけ、自分のリズムでインサートし始めた。すっかり従順になった葉鳥は、徐々に激しさを増していく新藤の抽挿にすぐ呑み込まれた。じっとしている分、新藤の力強い動きをじっくり感じられる。

「あ、はぁ、ん、新藤さ……ん、あぁ……っ」

深い場所を抉《えぐ》られると、もっと抉ってほしくて狂いそうになる。葉鳥の背筋はもっと奥まで突いてとねだるようにそり上がり、弓なりになった。

新藤に穿《うが》たれるほど心が無になって、余計なものが消えてなくなっていく気がした。

繋がっている部分だけが唯一のリアルだと思える。まるで自分の身体全部が淫らな孔《あな》になって、新藤を全身で受け入れているような幸せな錯覚に包まれていく。

快感に朦朧《もうろう》とする意識の中で、新藤の荒い息づかいを聞いた。夢みたいだと思った。新藤が自分を抱くことに没頭してくれている。

「忍……」

耐えきれず漏らした溜め息のような声で名前を呼ばれた時、身体の一番深い場所で何かが弾け、同時にペニスから白濁があふれた。突然の絶頂に襲われ、葉鳥は息を止めた。

「……っ」

声も出せないほどの快感だった。身体を痙攣させながら達していると、新藤が背後でうめき声を上げた。葉鳥の締めつけに誘われ射精したのだ。

静かになった部屋に、ふたりの息づかいだけが聞こえている。新藤のものを中に受け入れたまま、葉鳥は満ち足りた気分を味わっていた。このまま死ねたら最高だとさえ思った。

しばらくして新藤がゆっくり腰を前後させ始めた。粘っこい動きは後戯というより、二度目の交合の始まりのようだった。

新藤が中に出したので、繋がった部分は一段とヌルヌルしている。達したばかりの敏感な身体は、その淫猥《いんわい》な刺激に新たな快感の芽をふくらませていく。葉鳥は新藤の動きに合わせて腰を揺らしながら、後ろを振り返った。

「もう一度、してくれるの？」

「ああ。まだ収まりがつかないようだ。いいか？」

「いいよ。嬉しい。抜かずの二発目なんて最高。……でも次は上になってもいい？　腰、まだ振り足りないんだ」

「この好き者が」

新藤は苦笑を浮かべて、葉鳥の尻をパチンと叩いた。


騎乗位で散々暴れたあと、葉鳥が満足してベッドに横たわっていると、新藤がミネラルウォーターの入ったペットボトルを持って戻ってきた。

「飲むか？」

頷いたら口移しに水を与えられた。水も甘いが新藤の唇はもっと甘い。すごく幸せだと思ったら、急に涙腺が緩んで泣けてきた。

「なんだ？　どうしたんだ？」

「気にしないで。二回も抱いてもらえて、今、すげぇ幸せだから泣きたい気分。それだけ」

葉鳥は毛布にくるまりながら涙をぽろぽろとこぼし続けた。無視してくれて構わないのに、新藤は隣に横たわり頭を抱き締めてくれた。

「今日はよく泣くな」

「い、いいんだ、放っておいて……。か、感傷的に、なってる、だけだから……」

「放っておけないから困る。お前に泣かれるのは苦手だ」

「ごめん。でも無理。涙、止まんない……」

どさくさに紛れて新藤に抱きついた。ぎゅーっと身体をくっつけて鼻をすすっていると、新藤が「お前はよくわからない奴だな」と囁いた。

「大人びていると思えば、呆れるほど子供っぽい時もある。冷めているかと思えば熱かったり、凝り性かと思えば飽き性だったり、計算高いかと思えば純粋だったり。まるで猫の目のように印象が変わる。お前の本当の顔はどうなってるんだ？」

「どれも俺だよ。全部が俺。でもだからって俺の心までころころと変わるなんて思わないでよ。俺の新藤さんへの気持ちだけは変わらないから」

「だといいな」

葉鳥の心からの訴えは、新藤に軽く受け流された。悔しいがいくら好き好きと言っても、今の葉鳥はまだ子供でなんの力もない。そして信用もない。だから言葉だけと思われても仕方がないと思った。

「俺、バイクと車の免許を取る。教習所に通うから、お金貸してくれる？」

「構わないが、車だけでいいだろう？」

「駄目。バイクのほうが機動性あるし、早く動ける。それと格闘技も習いに行ってもいい？　井元の知ってるジム」

　突然、やる気モードになった葉鳥に、新藤は唖然としていた。

「お前は俺の愛人だぞ？　格闘技なんて必要ないだろ」

「あるよ。俺はセックスするだけの愛人なんて嫌だ。あんたを支えられる男になりたいんだ。二十歳になったら、あんたの手足になる。決めた。だからそれまでは準備期間。今のうちにやれることはやっておくから、先行投資だと思ってお金を出してよ」

　新藤は呆れた顔つきで抱擁をとくと、「格闘技はやめておけ」と言って寝返りを打った。

「どうして？　いいじゃん。俺、強くなりたい」

　大きな背中に向かって訴えたが、新藤は聞く耳を持たなかった。

「どうして駄目なんだよ。理由、教えてよ」

「格闘家みたいな身体になったらどうするんだ。俺は自分よりごつくなったお前なんて、絶対に抱かないぞ」

思わぬ答えが返ってきて、葉鳥は笑いを抑えきれなかった。ひとつわかった。新藤の趣味。マッチョな男は好きじゃない。

「新藤さん、そんなこと気にしてるんだ」

「笑いごとじゃないぞ。俺は本気で言ってる」

「わかった。じゃあ、絶対にムキムキにならないようにする。だったらいいだろ？」

後ろからふざけるように抱きついたら、「邪魔だ」と腕を払いのけられた。

「寝る時はくっつくな。今まで通り、少し離れて眠れ」

もういつものつれない新藤に戻っている。正式な愛人として認めたからといって、急にラブラブモードになったりはしないようだ。新藤らしいといえば新藤らしかった。

「おめでとう、葉鳥」

「……なんか、おかしくねぇ？　自分の旦那が愛人とエッチしたからって、なんで女房がケーキ持って祝いに来るんだよ」

目の前に置かれたデコレーションケーキを見下ろしながら、葉鳥はマジこいつわかんねーと思った。美津香は「いいじゃない」と楽しげにケーキを切り分け始めた。

「隆征さんをその気にさせた、あんたの根性と一途《いちず》さを褒めてんだからさ。あの人もやっと覚悟を決めたんだなって思ったら、なんだか嬉しくて」

美津香はぐちゃぐちゃになったケーキを小皿に載せ、葉鳥の前に置いた。普段、包丁など握ったりしないのだろう。

「覚悟ってどういう意味？」

「んー？　そうね。つまり人の本気の気持ちを受け入れる覚悟ってことかな。前にも言ったと思うけど、あの人、恋愛しない人でしょ？　他人との密接な心の交流を避けてきたのよ。理由は知らないけどね。もともと人間不信なのか、過去の恋愛にトラウマがあるのか。だから葉鳥の暑苦しくて鬱陶《うっとう》しい気持ちを受け入れたってことは、すごい進歩だと思うわけ」

美津香は崩れたケーキを気にもせず、口に運び始めた。葉鳥はそんな大袈裟な話じゃないだろうと思ったが、もし新藤にもなんらかの変化が起きて、自分を受け入れてくれるようになったのだとしたら、この半年間の日々も決して無駄ではなかったのかもしれない。

「美津香、前に言っただろ。人間嫌いの新藤さんが、俺をそばに置いてる理由がわかったって。あれ、ずっと気になってたんだ。理由教えてよ」

いくら考えてもわからなかった。自分のどういうところを新藤は気に入ってくれたのだろう。

「内緒って言ったでしょ。あんた、愛人のくせに隆征さんのこと、理解しなさすぎ。半年以上も一緒に住んでるんだから、もう少しあの人の性格とか気質とかわかってあげなさいよ」

まさか美津香に説教されるとは思わなかった。葉鳥は憮然とケーキを食べながら、「しょうがねーじゃん。俺、馬鹿なんだから」と開き直った。

「馬鹿は馬鹿なりに努力しなさいって話よ。……ところでさ。私、決めた。子供を産む」

「やめとけって」

ぐちゃぐちゃのケーキを見ながら葉鳥は止めた。美津香がいい母親になるとは到底思えない。

「嫌よ。もう決めたもの」

「でも新藤さん、子供いらないって言ってるんだろ?」

「その点は大丈夫。あの人が駄目って言えないような状況にしちゃえばいいのよ」

美津香は楽しげに微笑み、口の端についた生クリームをペロッと舐《な》めた。最高の悪戯《いたずら》を考えついたような子供のような顔をしている。

「ま、いいけどね。子作りは美津香と新藤さんの問題だし。好きにしたら?」

「ええ。させてもらう」

上機嫌な美津香の姿に、葉鳥はある種の愛情を感じながら、好きにしなよと思った。美津香は美津香らしくあればいい。そして新藤は新藤らしく。葉鳥も自分は自分らしくありたいと思う。

美津香が薔薇なら自分は雑草。雑草はどれだけ足搔《あが》いても薔薇にはなれないが、新藤は雑草の自分を選んでくれたのだ。やっと愛人として認めてくれた。

新藤に認められたことで、生まれて初めて自分自身に誇りを持つことができた気がする。新藤のために美しく咲き誇ることはできないが、名もなき花には名もなき花としての生き方があるはずだ。

踏みつぶされ、枯れて死にそうになっていたみすぼらしい花は、ふと足を留めて水を与えてくれた男に恋をした。

名もなき花はその男のために、精一杯の命を捧げると決めた。

それが自分の喜びだから――。

アウトフェイス

1

「うわー。何、ここってＬＤＫ？　前は普通の和室だったのに、すげぇ変わったね。別の家みたい。離《はな》れ家《や》全体をリフォームしたなら、相当お金かかったでしょ？」

「お前に気に入ってもらえるなら、安いものだ」

新藤隆征《しんどうたかゆき》が冗談めかして答える。そんな優しいことを言われたら、嬉《うれ》しくてふざけずにはいられない。葉鳥忍《はとりしのぶ》は「もう、パパったらぁ」と甘ったるい声を出して身体をくねらせた。

「忍子《しのぶこ》、超感激よー。忍子のために、こんな高級マンションを買ってくれるなんて、パパってもう気前よすぎぃー」

愛人ごっこに興じてみたが、新藤はまったく相手にせず「あっちが寝室だ」と葉鳥の背中を押した。明るいムードのリビングとは違い、寝室は落ち着いた雰囲気《ふんいき》があり、これからは毎晩ここで新藤と一緒に寝るのかと思うと、顔がにやけてしょうがなかった。

今年の四月、東誠会《とうせいかい》二代目会長の新藤義延《よしのぶ》が他界し、息子の新藤隆征が三代目会長の座についた。大々的に組葬を執り行い、その後、跡目相続の継承式や、新たな体制構築に向けた盃直しの儀式なども無事に済ませた新藤は、東誠会本部を兼ねる目黒《めぐろ》の本宅に移り住むことが決まっていたのだが、転居に当たって大がかりなリフォームを開始したせいで、引っ越しが延び延びになっていた。

九月も下旬に差し掛かった頃、やっと工事も終わり、今日、葉鳥は新藤の一人娘の葉奈《はな》と共に、本宅に引っ越してきたというわけだ。新藤は本部として使うエリアと、プライベートなエリアを完全に分けたいと考えたらしく、渡り廊下で母屋《おもや》と繋《つな》がった離れ家を自分たちの居住スペースと決めて、そこに自分たち専用のリビングルームや浴室や寝室などを配した。要するに離れ家を独立した一戸建て住居に変身させてしまったのだ。

新藤は葉鳥や葉奈のことを思いやって、きっとこの大改造を決めたのだろう。自身がこの家で育ち、特殊な極道社会の中で成長してきたことに複雑な思いのある男だから、特に娘の葉奈にはできるだけ普通の環境で暮らさせてやりたいと願っていたはずだ。

正直に言えば、住み慣れた広尾《ひろお》のマンションを離れて本宅に移ることには抵抗があった。十八歳で新藤に拾われてから約五年半、あのマンションで暮らしてきたのだ。思い出もあるし愛着もある。

しかしそういう気持ちは表向きのもので、引っ越しに乗り気でなかった本当の理由は、愛人の分際で本宅で暮らすことに強い抵抗があったからだ。新藤は二度と結婚しないから、お前は本妻も同然だと言ってくれるが、そうは言ってもしょせん男同士だ。男の自分が本当の妻になれるはずもなく、周囲からは恥を知らない男妾だと思われているだろう。

別に自分が蔑《さげす》まれたり馬鹿にされたりするのは、まったく構わない。そんなことは痛くも痒《かゆ》くもないのだ。言いたいなら好きなだけ言ってくれと思う。

だが自分の存在が、会長としての新藤のマイナスになるのは耐え難い。最愛の男の足を引っ張ることになるなら、いっそきれいに捨ててほしいとさえ思う。新藤にお前など尼寺へ行けと言われたら、頭を剃って尼寺に行く。尼寺にこもって新藤のために死ぬまで念仏を唱える。もちろん尼寺に行けたらの話だが。

「あれ。この部屋は？」

大きなベッドの置かれた主寝室とは別に、なぜかシングルベッドを置いた小さめの部屋があった。テレビやパソコンも用意されている。

「お前の部屋だ。好きに使え」

「え……。嘘《うそ》っ。し、寝室、別なの？　俺、新藤さんのベッドで寝ちゃいけないの？」

血の気の引く思いで尋ねたら、「何を言ってるんだ」と笑われた。

「主寝室のあのベッドを見ただろう。あんなでかいベッドで、俺をひとりぼっちで寝させる気か？　寂しくて毎晩寝不足になる」

甘い飴《あめ》を口移しで口の中に入れられたみたいだ。葉鳥は甘酸っぱい気分を味わいながら、やっぱり俺ってこの人の手のひらの上で、ころころ転がされてなんぼの人間だよな、と思った。

「じゃあ、どうして俺の部屋なんか用意したわけ」

「お前にもひとりになれる場所は必要だろ。それに俺と喧嘩《けんか》した時に逃げ込める場所がいる」

新藤は言葉とは裏腹の優しい瞳で葉鳥を見つめ、頬《ほお》をそっと撫でた。真っ昼間からやめてほしい。そんな目で見つめられたら、真昼の情事に強行突入したくなる。今すぐ押し倒して上に乗っかってドッキングして、めちゃくちゃに腰を振りたい。

「パパ！　忍ちゃん！　葉奈のお部屋に大きなクマさんがいるよっ」

妄想を打ち破る天使の声がする。パタパタと可愛《かわい》い足音が聞こえ、廊下に葉奈が現れた。もうすぐ四歳になる新藤の愛娘《まなむすめ》のあとを、通いのベビーシッターの中津瑤子《なかつようこ》が追いかけてくる。葉奈が瑤子ママと呼んで、実の母親のように慕《した》っている女性だ。夫は古参の組員で、新藤も信頼している男だ。

「葉奈ちゃん、走ると危ないよ」

張り替えられたピカピカのフローリングは、確かにスリッパを履いた子供の足では、何かの拍子に滑ってしまいそうだ。

「葉奈、新しいお部屋は気に入ったかな?」

新藤は葉奈を抱き上げ、最愛の一人娘を愛《いと》おしげに見上げた。

「うん！　すごく好きっ。あのクマさん、パパが買ってくれたの？」

「そうだよ。新しいお部屋で葉奈が寂しくならないように、パパが選んで買ってきたんだ。クマさんと仲良くなれそうかな？」

葉奈は満面の笑みを浮かべ「なれる！」と答え、新藤の首に抱きついた。

「さあ、葉奈ちゃん。お部屋に戻ってお片づけしましょう」

瑤子の言葉に葉奈は素直に頷《うなず》き、新藤の腕から降りた。新藤と葉鳥は若い組員たちに荷物の整理を任せていたので、引っ越しといってもすることはたいしてないが、葉奈はひとつひとつ置き場所を自分で決めたいと言って、瑤子の手を借りて自分で片づけている。小さくても女だな、と呆《あき》れるやら感心するやらだ。

「パパ、忍ちゃん、またあとでねっ」

何がそんなに楽しいのか葉奈はキャッキャと笑いながら、瑤子の手を引っ張って自分の部屋に戻っていった。

「お姫さまは新しい部屋が、相当お気に召したみたいだね」

新藤は「ああ」と頷いてからシングルベッドに近づき、腰を下ろした。

「お前も座れ」

言われたとおり、隣に腰かけた。窓からは母屋ときれいに手入れされた庭が見える。

「……忍。前から思っていたんだが、最近、葉奈に対する態度が変わったな」

「そう？　どこらへんが？」

新藤は考え込むように「そうだな」と顎を撫《な》で、なぜかしげしげと葉鳥の顔を眺めた。

「少しぎこちないというか慎重というか。まるで惚《ほ》れた女を前にして、どう振る舞っていいのかわからないでいる、初《うぶ》な男子高校生みたいだぞ」

「何それ。俺、男子高校生ってものになったことがないんですけど」

新藤は「まあ、それは冗談だが」と笑い、葉鳥の肩を抱き寄せた。突然の抱擁に胸と下半身がキュンとなった。このまま押し倒してくれないだろうかと不埒《ふらち》なことを考える。

「お前の変化は葉奈の父親だと知ったせいか？　もしかしてお前には打ち明けないでいたほうが、よかっただろうか」

新藤の声に深刻な響きを感じ取り、葉鳥は驚いた。

「なんで。そんなことないよ。教えてもらってよかったと思ってる」

「ならどうして最近塞いでいるんだ。葉奈を見るお前の目は、何かを悩んでいる目だ」

新藤には敵《かな》わない。いつだって何もかもお見通しだ。葉鳥はしらを切るのも馬鹿らしくなり、甘えるように新藤の肩にぐいぐい額《ひたい》を押し当てた。

「葉奈が可愛いよ。自分の娘だって知ってから、前よりずっと可愛く思ってる。なんて言うの？　理屈じゃない愛情っつーの？　もうびっくりだよ。この俺がさ、父親的愛情に目覚めるなんて。でもさ、でも同時にすげぇ怖くなるんだ。俺みたいなろくでなしの血を引いた葉奈が可哀想っていうか、不憫《ふびん》っていうか。将来、新藤さんの実の娘でないことを知ったら、葉奈はきっとショックを受ける。非行に走ったらどうする？　んで、変な男に引っかかったりしたら、俺、その男殺しちゃうよ。あとさ、俺が父親だって知ったら、葉奈は俺のこと嫌いになるかもしれない。葉奈に嫌われたらどうしよう。……もうそんなことばっかり考えて、葉奈とどう接していけばいいのか、たまにわからなくなるんだ。これまでどおりのノリがいいだけの、ファンキーな優しいお兄ちゃんってわけにはいかないでしょ？　一応、父親なんだし」

思い切って心の内を打ち明けたのに、新藤はなぜか笑いをこらえていた。

「何、その顔。ひってーな。笑うの我慢してんじゃん」

「すまない。だが、お前の後ろ向きな性格も、そこまでいくとたいしたものだと思ってな。葉奈はお前が大好きなんだ。いつか事実を知っても、お前のことを嫌いになったりしないさ」

「そんなのわかんないだろ」

新藤の慰《なぐさ》めも今は助けにならない。むしろ安請け合いしないでほしいという、八つ当たり的感情まで湧《わ》いてきた。

「いつか葉奈が真実を知る時が来るかもしれない。実を言えば、俺だってその時が来るのは怖い。葉奈は傷つくかもしれないし、一時的に俺やお前を嫌うかもしれない。だが何があっても、家族としての絆《きずな》まで消えることはないと信じてる」

新藤の言葉に胸がギュッと痛くなった。その日が来ることを一番恐れているのは新藤なのだという、あまりにも当たり前の事実に気づいたからだ。

「ごめん。俺なんかより、新藤さんのほうがずっと辛《つら》いよね」

「お前にはお前の、俺には俺の不安がある。比べる必要はない。俺たちはまた今日から、この家で家族として暮らしていく。きちんと向き合って暮らしていけば、大きな問題が起きた時でも、なんとか乗り越えていけるはずだ。俺は親父と上手《うま》く向き合えなくて、長い時間、逃げてきた。ああいう後悔は二度としたくないし、お前や葉奈にも味わわせたくない」

自分も葉奈も、新藤の深い愛情に包まれている。そのこと自体は泣けるほど嬉しいが、新藤が大きな優しさで見守ってくれるほど、自分の駄目さや弱さを実感して嫌気が差す。

数か月前、葉鳥はある事件に巻き込まれ——というか自ら渦中に飛び込み、背中を刺されて死にかけた。結果的には新藤に助けられ一命を取り留めたが、十八歳の時もジャンキーになって野垂れ死に寸前だったところを助けられている。

どちらも葉鳥の大きな転機となった。だが性格は簡単には変えられない。変化する自分と変化できない自分がせめぎ合い、内側でぎりぎりと音を立てて激しく衝突しているのがわかる。

自分はどこに向かおうとしているのか。どこに行き着きたいと願っているか――。

これまでは新藤のそばで生きられさえすれば幸せだと妄信的に思ってきたが、今はそれだけではいけないということもわかっている。新藤を生きる理由にしてきたが、いい加減そこから離れなくてはいけない。自分の人生を新藤に預けて、それで命がけで愛しているような気になっていたが、あんなのは子供の歪《ゆが》んだ自己満足に過ぎなかった。モラトリアムの海を気ままに漂《ただよ》ってきたが、とうとう観念する時が来たのかもしれない。

「……ねえ。ギュッてして」

新藤の胸に顔を押し当てて頼んだ。新藤は何も言わずに強く抱き締めてくれた。広い胸と力強い腕に包まれると、わけもなくホッとする。ごちゃごちゃ考えるほど何もかもが面倒になり、たまに逃げ出したいような気持ちになるが、新藤の温《ぬく》もりに包まれている時だけは安心する。ここが自分の居場所なんだと思えることで、気持ちが落ち着くのだ。

「葉奈に対する態度も変わったが、俺に対する態度も少し変わったな」

耳もとで呟《つぶや》く声にうっとりする。新藤の声はどうしてこんなに素敵なんだろう。葉鳥にとっては魔法の声で、ほとんど猫にマタタビ状態だ。

「本当に？　どう変わった？」

「甘え上手になった。以前はセックスの時以外は甘えてこなかったのに」

自覚はあった。以前はセーブしていたのに、最近は自分でも驚くほど我慢がきかない。ふたりきりになると、ついついスキンシップを求めてしまうのだ。俺は下の子が生まれて、急に赤ちゃん返りした三歳児かと呆れるほど、やたらと新藤に甘えたくなって困る。

「ごめんね。迷惑だよね？」

「この顔が迷惑がっているように見えるか？」

微笑《ほほえ》む顔はとろけそうに甘い。

「見えない」

葉鳥はにんまり笑い、新藤の肩に両腕を回した。

「隆征さんは、毎日お忙しそうですね」

「うん。ちょっと働きすぎだよね。あ、キヨさん、さっきの大福まだある？　あったらもうひとつ欲しいな。あれ超うまかった」

葉鳥がねだると、住み込み家政婦の内村清子《うちむらきよこ》は笑いながら「ございますよ」と答え、台所から小皿に載せた大福を持ってきてくれた。母屋の食堂は主に部屋住みの組員たちが食事をする

場所で、ここに来れば誰かしらいて頼めば食べ物が出てくるので、葉鳥は小腹が空《す》くとちょくちょく立ち寄っている。

「忍さんは細いのによく食べられますよね」

「うん。俺、痩《や》せの大食いなの。酒も煙草《たばこ》もやんないからね。食べることが唯一の楽しみ」

清子は「健康的でよろしいですね」と頷き、熱いお茶を淹《い》れてくれた。清子は見たところ六十歳を超える老齢だが、女性に年齢を聞くのは失礼なので実際はいくつなのか知らない。新藤が幼い頃からこの屋敷で働いているらしく、年かさの組員も部屋住み時代に世話になっているせいか、清子には頭が上がらない様子だ。

「でも最近ちょっと食い過ぎなんだよね。やたらと腹減ってしょうがないっていうか。もしかして妊娠してたりして」

葉鳥の冗談に清子は大受けして、「嫌ですよ、忍さんたら」と目尻にたくさんしわを刻んで笑い続けた。いつ話しても可愛いばあさんだ。

義延が存命の頃は本宅に来るのが嫌だった。義延に仕える古参の組員の多くは、葉鳥を薄汚い男娼としか見ておらず、あからさまな侮蔑の目を向け、新藤の目を盗んではすれ違い様に嫌みな言葉を投げつけてきた。

まあ、それも当然だよな、と達観していたので、いちいち落ち込んだりはしなかったが、やはり馬鹿にされていい気はしない。だが清子だけは違っていた。どんな時も新藤の大事な恋人として丁重に扱ってくれた。新藤の用事が終わるのを待っている間など、よくこんなふうに甘いものを出してくれたものだ。

「ねえ、キヨさんは新藤さんが子供の頃から、この家で働いているんでしょ？　新藤さんってさ、どんな子供だったの？」

「隆征さんですか？　そうですねぇ。あの方はたいそう利かん気なお子さまでしたね。何かにつけお父さまに反抗されて、気性の激しさには奥さまもほとほと手を焼いておられました。ですが中学二年か三年の頃くらいから急に口数が減って、家ではほとんどお話しされなくなってしまわれて。まあ、そういう年頃だと言ってしまえば、それまでなんですけどねぇ」

新藤と出会って間もない頃だったら、気性の激しい子供時代を意外に思ったかもしれないが、今ならそれほどの驚きもなく納得できる。見る者に畏怖《いふ》すら与える新藤の冷めた眼差《まなざ》しは、一見すると激情からはかけ離れている。だが葉鳥は知っている。新藤の冷ややかな眼差しの奥には、人知れず燃える隠された炎があることを。

本来、新藤は熱いものを持っている男なのだ。だが強固な意志の力で、常に自分自身をストイックなまでに律している。長い間、自分を抑えつけて生きてきたせいで、冷めた態度が習い性となってしまったのだろう。

「隆征さんは極道の世界を嫌っていらっしゃって、大学進学と同時にこの家を出てひとり暮らしを始められました。もう二度と戻られないのではないかと思っておりましたが、どういうわけか二年の夏頃、急にお帰りになられてびっくり致しました。キヨは嬉しゅうございました」

当時を懐《なつ》かしむように清子が目を細める。ふうん、と聞き流そうとしたが、葉鳥はあることに気づき、待てよと思った。

「その頃って、瀬名《せな》さんはもうこの家で暮らしていたの？」

瀬名は新藤の従兄弟《いとこ》で、かつては恋人だったこともある男だ。たったひとりの肉親である母親が死に、伯父である新藤義延に引き取られて、高校の頃はこの家で暮らしていたと聞いている。

「智秋《ちあき》さんですか？　ええ、暮らしておいででしたね。確かその年の春から、離れ家で生活されていたはずです」

なんだ、そういうことかよ、とげんなりした。新藤は瀬名に惹《ひ》かれたから、実家に舞い戻ってきたのだ。念願の一人暮らしを断念してまで帰ってきたのだから、瀬名への感情は熱く激しいものだったに違いない。

「智秋さんは物静かで感情が顔に出ない方でしたが、隆征さんとは年が近いこともあって、すぐ打ち解けられたようです。おふたりとも気が合ったんでしょうね。一時期、隆征さんは智秋さんのお部屋に入り浸っておいででした」

あーあー、もう藪蛇だよ、と盛大な溜《た》め息《いき》をつきたい気分だった。新藤の子供の頃の微笑ましいエピソードでも聞ければと思って尋ねたのに、新藤と瀬名のラブラブ時代の話を聞く羽目になってしまった。

「あ、そうそう。智秋さん、今日本に帰られているそうですよ。明後日の日曜、お見えになられるそうです。楽しみですね」

ええーっ、と言いそうになった。瀬名のつんと澄ましたきれいな顔を思い出しながら、嫌み眼鏡《めがね》め、何しに来るんだ、新藤さんの本妻の座はもう俺のもんだぞ、と心の中でぶつぶつ文句を垂れる。

「あら、河野《かわの》さん。お帰りなさい」

キヨが食堂の入り口に目を向けて言った。振り返るとスーツ姿の河野が立っていた。きっちりと髪を整え、理知的な雰囲気の眼鏡をかけた隙《すき》のない風貌は、ヤクザというよりやり手のビジネスマンのようだが、眼光の鋭さだけはどう見ても堅気《かたぎ》のそれではない。

「こんな時間にすみませんが、何か食べられますか？　昼飯を食べそびれてしまって」

「ええ、ありますよ。すぐ用意しますね」

キヨが台所に消えると河野は葉鳥の隣に座り、眼鏡を外して指で目頭を揉《も》んだ。

「お疲れみたいだね。肩でも揉もうか？」

本気で言ったのに、「怖い冗談はやめてください」とあしらわれた。新藤の側近である河野と黒崎《くろさき》も、葉鳥同様に広尾のマンションから本宅に転居した。ふたりは母屋にそれぞれ自分の部屋を持っている。

「ねえ。最近カワッチさ、新藤さんと一緒じゃないよね。別行動が多いのは、ややこしいことが起きてるからでしょ？」

このところ河野は新藤の外出に同行せず、弟分である黒崎に新藤の秘書的役割を任せている。河野は新藤の右腕だ。別行動を取る時は大抵、重要な仕事を抱えている。

「新体制を急ピッチで整えている最中ですから、ややこしいこともありますよ」

「そりゃ代替わりしたんだから、いろいろ大変なこともあるだろうけどさ。ここしばらくは大変の度合いがちょっと違う気がするんだよね。俺は別に新藤さんに尋ねてもいいわけよ。しつこく尋ねたら教えてくれるだろうし。でも疲れてる新藤さんにまとわりついて、さらに疲れさせるのって本意じゃないんだよね。家に帰ってきたら、できるだけゆっくり休ませてあげたいじゃないの。んふ。なんか俺って愛人の鑑《かがみ》みたい」

にっこり笑うと、河野はこれ見よがしに大きな溜《た》め息《いき》をついた。

「本当に鼻の利く人だ。愛人は鈍感くらいが、ちょうどいいと思いますがね」

憎まれ口を叩《たた》いたが、河野は今起きているややこしい事態について教えてくれた。

「今年の春頃、会長が何者かに襲われて怪我《けが》をしたでしょう。実行犯がわかったんです」

新藤が歩いているところに、乗用車が突っ込んできた事件だ。新藤は腕を骨折し、身を挺して新藤をかばった黒崎は内臓破裂で死にかけた。車は逃走して犯人はわからず終《じま》いだった。

「誰？　誰が運転してたの？」

「稗田《ひえだ》という男ですが、忍さんはご存じないでしょう」

「稗田……。なんか聞き覚えがあるな。……あ、もしかして磯崎《いそざき》の舎弟？　そうだろ？」

河野は感心したような表情になった。

「よくわかりましたね。稗田は下っ端だから、忍さんは会ったことがないはずですが」

「会ったことはないけど、新藤さんと跡目争いしていた磯崎のことは、何から何まで調べあげたからね。稗田は磯崎の兵隊だったはずだ」

「ええ、そのとおりです。磯崎の命令ならなんでも従う、まるで狂犬みたいな男だそうです。やばすぎて磯崎も使い道に困っていたって話ですがね。会長を襲ったことも稗田の独断で、磯崎はまったく知らなかったそうです。磯崎に跡目を継がせたいという気持ちが暴走したようです」

河野はそう言い終えると、何か言いたげな眼差しで葉鳥を見た。

「何？　その目。もしかしてまさかまさか、俺と稗田が似てるなんて言わないよね」

「言いたいところですが、忍さんはそこまで考えなしではないと信じてます」

褒《ほ》めているのか貶《けな》しているのかわかりはしない。葉鳥は「続き」と先を促した。

「稗田の仕業とわかってすぐに懲罰隊が動きましたが、奴はそれに気づいて行方をくらましてしまいました。会長は本人不在のまま稗田を絶縁処分にしました。磯崎は兄貴分としての監督不行き届きで、破門《はもん》を言い渡されました」

「え……。破門？　それってちょっと厳しくない？」

暴力団の世界から永久追放される絶縁処分に比べれば軽い処遇だが、破門だと東誠会にいられなくなる。磯崎は先だっての盃直しで新藤と新たに盃を交わし、前会長の子分から新藤の舎弟に直っている。会長の舎弟は執行部のメンバー、つまり幹部として組織運営に携わる大事な存在だ。平の組員ならともかく、幹部の磯崎をあっさり破門にすれば、周囲から不服の声も上がるだろう。

「執行部はその処分に賛成したの？」

「一部からは猛反対を受けました。ですが会長はご自身の判断を曲げず、すでに処分は下され、磯崎は組織を離れました。稗田の行方は依然としてわからないままです」

疲労の色が濃い河野の顔を見て、そりゃカワッチも大変だよな、と葉鳥は同情した。新藤の決定に不満を持っている幹部を、そのままにはしておけない。あの手この手で機嫌を取り、懐柔作戦を展開中なのだろう。

「新藤さん、そんな強硬な姿勢で大丈夫なの？」

「代替わりで組織の求心力が弱まっている今、内外に厳しい態度を示す必要があります。さじ加減は難しいですが、会長は冷静に局面を読める方ですから、ご心配には及びません」

河野は新藤のやり方に異を唱える気はないらしい。忠実だが決して盲目的に新藤の言いなりになる男ではない。河野がそれでいいというなら、きっと間違ってはいないのだろう。

「新藤さん、変わったよね。跡目を継ぐことに積極的じゃなかったのに、会長になってからは腹をくくったみたい」

「ええ。本気になられたようです。私情を殺すことに長《た》けた方なので、場合によっては冷徹に物事を推し進めすぎて、一部で反発も生まれるでしょうが、私も黒崎も全力でフォローしていくつもりです」

いつになく熱い口調で語る河野を見て、葉鳥は嬉しくなった。自分は掛け値なしの新藤馬鹿だが、河野も大概だと思う。新藤を支えるという部分において、河野は最高の同志だ。

腹が立つほど、きれいな後ろ姿だ。絶妙な肩幅とほっそりした腰つき。ぴんと伸びた背中には凛とした風情《ふぜい》があり、スーツ姿なのに妙な艶めかしさが漂っている。

瀬名智秋は長い時間、仏壇の前で手を合わせていた。亡き伯父に何を語りかけているのか、葉鳥には知る術《すべ》もない。することもないので後からじろじろと無遠慮な視線を投げている。

瀬名は長い合掌を解き、座卓の前に座っている新藤と葉鳥に身体を向けた。

「隆征さん、とうとうこちらにお戻りになったんですね」

「ああ。跡目を継いだ以上、そうするのが自然だと思ってな」

新藤の答えを聞き、瀬名は小さく頷いた。

「葉鳥くんはどう？　住み心地は悪くない？」

眼鏡の奥の目を見て思った。以前ほど冷たい印象を受けないのは、なぜだろう？　瀬名に対する葉鳥の感情が変わったからか、それとも瀬名が変わったからか。

どっちもかな、と思いつつ、「悪くないよ」と答えた。

「俺のこと嫌ってた古参の組員は、新藤さんが丁重に追い出してくれたから、最高に住みやすい。もう俺の天下って感じ?」

「じゃあ、愛人から晴れて本妻になれた気分かな」

声に嫌みな響きはあるが、嫌みで言ってるわけでないようだ。目が笑っている。

「祥《しょう》は元気?」

瀬名が面倒を見ている真宮《まみや》祥は来年から日本の大学に通う予定で、今回は大学下見のための来日らしい。同行した瀬名もロサンゼルスを離れ、日本に戻ってきて開業すると聞いている。ちなみに瀬名は臨床心理士だ。正確にはクリニカル・サイコロジストといって、医者ではないがアメリカでは精神疾患の患者を治療しているそうだ。

「ああ。すごく元気だよ。日本に戻ってこられるのを、今から楽しみにしている」

「――失礼致します。会長。お時間です」

大柄な男が襖《ふすま》を少しだけ開けて新藤に声をかけた。ボディガードの黒崎だ。

「わかった。すぐ行く」

新藤は瀬名に顔を向け、「すまない、智秋」と謝った。

「仕事で今から出かけないといけないんだ。ゆっくり話もできず申し訳ない」

「気にしないでください。しばらく日本にいますから、また都合が合えばお邪魔します」

いや、もう来なくていいし、と心の中で即答する。新藤は「そうしてくれ」と頷き、仏間から出て行こうとしたが、何かを思い出したように足を止めた。

「言い忘れていた。離れ家を大がかりにリフォームしたんだが、お前の部屋だけはそのままにしてある」

瀬名は新藤を見上げ、しばらく見つめ合ってから礼を言った。やっぱり苛《いら》つく。ふたりの関係はとっくの昔に終わっているとわかっているし、実はふたりが腹違いの兄弟だということも知っている。それでもふたりが目を合わせるたび、ムカッとなる。こういう感情はもう理屈ではない。

瀬名の母親は義延の愛人だったが、義延の弟が横恋慕《よこれんぼ》して兄から奪い取った。だがその時には、母親は義延の子供を身ごもっていた。弟は事実を知りながら、自分の子供として生ませた。義延も息子である瀬名のことを常に気にかけていて、母親が亡くなった時は迷わず伯父として瀬名を引き取ったそうだ。

刺されて入院していた時、新藤がそれらを打ち明けてくれたのだが、どうせならもっと早く教えてくれればよかったのに、と恨めしく思ったものだ。

兄弟と知らず愛し合い、事実を知って別れた。簡単に言ってしまえばそれだけの話だが、それだけで終わらないのが人の情というものではないだろうか。新藤と瀬名の間には他人が立ち入れない何かがあり、葉鳥はいつもそこから弾《はじ》き飛ばされてしまう。

嫉妬はしないと決めていても、ふたりの間に流れる意味ありげな空気を感じるたび、くだらない焼き餅を焼かずにはいられないのだ。

「新藤さん、少し痩《や》せた？」

新藤がいなくなってから、瀬名が心配そうに尋ねてきた。確かに少し痩せた。多分、三キロほどは体重が落ちているだろう。

「代替わりして間もないから、すげぇ忙しいんだよ。……ねえ。俺のこと本妻だって認めてくれるならさ、そういう女房気取りはやめてくんない？　申し訳ないけどムカつきます」

あー俺ってやっぱまだまだガキだわ、と情けなく思った。こんな嫌みをぶつけたところで、何かが変わるわけでもないのに、言わずにはいられない。どうしても言いたくなる。口が勝手に動いてしまう。

瀬名は葉鳥の言葉を食えない微笑で受け止め、座卓の上に置かれたお茶に手を伸ばした。こくりと玉露《ぎょくろ》を飲んで、きれいな唇からかすかな吐息を漏らす姿を見て、唐突に気づいた。

瀬名がこれほどまでに色っぽいのは、この男が内側に女を飼っているからだ。女っぽいのとは違う。なよなよしているのでもない。もっと本質的な部分に、情のこわいねちねちした女を宿している。

言い方は悪いが、昔話に出てくる蛇だ。愛した男のもとに夜な夜な通い、情を注いで搦《から》め捕《と》っていく。そういう執念深さを感じる。本人に言えば馬鹿なことを言うなと怒るだろうが、間違いない。嫌み眼鏡の正体は蛇女だった。

「葉鳥くん。君は私と隆征さんの本当の関係について、知っているの？」

とぐろを巻いた大蛇に変身した、瀬名の恐ろしい姿を想像しながら「知ってる」と答えた。一度蛇だと思うと、すべてが蛇っぽく見えてくる。あのきれいな唇から二枚に割れた舌がちょろちょろと出てきても、驚かないぞ。

「そう。知ってる割には、いつまでも私をライバル視するね。ちょっとしつこくないかな」

「しつこくて悪いと思うけど、ふたりが見つめ合ってるのを見るとさ、もう理屈じゃなくイーッてなるのよ。ホント、心の狭い男でごめんって感じだけど」

瀬名は開き直った葉鳥に呆れるように、「しょうがない子だな」と苦笑を浮かべた。

「もしかしたら誤解してるのかもしれないけど、私が隆征さんにこだわってきたのは、ひどい捨てられ方をしてあの人を許せなかったからだ。決して恋しくて忘れられなかったわけじゃない。初めての恋だったし初めて肌を重ねた人だったから、一方的に捨てられて心底恨《うら》んだ」

葉鳥は「へー」と気のない相槌《あいづち》を打った。憎しみと愛情は裏表だ。いくら恨んでいたと言っても、裏を返せば愛情もあっただろう。

「隆征さんは伯父さんから私たちが兄弟だという事実を知らされ、私に別れを告げた。一方的だったよ。いきなり冷たく無視されるようになったんだ。私はあまりに辛くて、逃げるようにアメリカに留学した。血の繋がりに嫌悪されて捨てられたと思い込んでいた私は、ずっと隆征さんを恨んで生きてきた。でも今年の春先の帰国で久しぶりに再会して、隆征さんの本当の気持ちを聞かされた。あの別れは私のことを思っての苦渋の決断だったと知って、やっと楽になれたんだ。私の許しを得て、隆征さん自身もきっと楽になったはずだ」

瀬名の言葉を聞いて、だから新藤は最後の最後で打ち明けてくれたのかと思った。新藤は瀬名の許しを得られないうちは、何もかもひとりで呑み込んで生きていくべきだと考えていたのかもしれない。

「今はふたりとも、これまでのわだかまりを捨てて向き合えるようになった。もちろん普通の兄弟のようにはいかないだろうけど、家族としての絆だけは大事にしたいと思っている。君には私の存在はさぞかし面白くないものだろうけど、家族として向き合うことだけは大目に見てくれないか」

そんなふうに言われると嫌とは言えない。言いたいが言えない。葉鳥はむっつりした顔で「別にいいけど」と答えた。

「最後に聞くけどさ。本当に本当に新藤さんにもう未練はないんだよな？　これっぽっちもないって言い切れる?」

瀬名ははっきりと頷いた。

「辛い恋だったけど、もう昔の話だ。今は隆征さんのことを、兄として大切に思っている。それに今の私には、上條《かみじょう》さんがいるしね」

そう言って微笑む瀬名の顔は、迷いが消えたようにすっきりしていた。警視庁捜査一課の刑事とは思えない、上條嘉成《よしなり》の間抜けな顔を思い出す。瀬名とはまったく相性がよくなさそうだが、正反対のほうが意外と上手くいくものなのかもしれない。

「上條さんとは仲良くやってるんだ」

「ああ。……でも無神経で大ざっぱで、時々、死ぬほど腹が立つけどね」

あながち冗談とも思えない口調だった。大蛇の瀬名にグルグル巻きにされて、「ギブ! ギブ!」と叫んでいる上條を想像してみる。面白いけど、少しだけ可哀想な気もした。


「お帰り、瀬名——って、なんだっ? なんでお前まで一緒なんだよ、葉鳥」

上條の浮かれた顔は、一瞬で不機嫌になった。葉鳥は明るく「まあ、いいじゃないの」と答え、上條の腕をポンと叩いて靴を脱いだ。

「おっ邪魔しまーす」

「お、おい、勝手に上がるなっ」

「いいんですよ、上條さん。葉鳥くんのバイクで送ってもらったんです。お礼にお茶くらいご馳走しないと」

　上條がマンションで留守番していると聞いたので、久しぶりにあのおっさんの顔を見てやろうという気になった。それで嫌がる瀬名を半ば強引《なか》に後ろに乗せて、瀬名と祥が滞在している中央区のこのマンスリーマンションまで来たというわけだ。

「え、お前、こいつのケツに乗ったのかっ？」

「誤解を招くような言い方、やめてくれませんか。私が乗ったのは葉鳥くんのバイクの後部シートであって、彼の尻ではありません」

　背後で言い合っている瀬名と上條を残して、葉鳥は廊下を進みリビングに向かった。勝手にドアを開けて中に入る。

　ソファに座っていた真宮祥が葉鳥に気づき、驚いた表情で立ち上がった。

「あ。は、葉鳥さん……。お久しぶりです」

「よう、祥。元気にしてたか？」

　いきなり現れた葉鳥に、祥はやや及び腰だった。以前、脅された時の恐怖心が、まだ残っているのかもしれない。葉鳥はあれくらいのことはまったく悪いと思っていないので、にこやかに近づき、祥の肩を抱いてソファに座らせた。

「あれ？　祥、身長が少し伸びた？　なんか大人っぽくなったな。前より面構えが男っぽくなったじゃん」

「そ、そうですか？」

「そうそう。ところで日本の大学を受験するんだって？　受かれば来年から大学生か。すげぇじゃん。で、どこに住むの？　一人暮らしするわけ？」

「い、いえ、智秋と一緒に部屋を借りることになってます」

「へー。ホント、仲いいよね。じゃあ、新居が決まったら教えてよ。遊びに行くからさ」

祥に馴《な》れ馴《な》れしく接近している葉鳥を見て、上條が怖い顔つきで入ってきた。

「来なくていい。つーか絶対に来るな。ヤクザの愛人に遊びに来られても迷惑だ」

向かい側に腰を下ろして上條は、むっつりした顔で腕を組んだ。

「あーそういうのって職業差別じゃねーの？　ひっどーい。ぷんぷん」

「お前はトラブルメーカーなんだから、そこんとこきちんと自覚しやがれ。瀬名と祥には必要以上に構うなよ」

葉鳥が黙ってニヤニヤ笑っていると、上條は怪訝《けげん》な顔つきになった。

「なんだよ？　言いたいことがあるなら、はっきり言え」

「いやー。なんかさ、今の上條さんって一家の大黒柱みたいだと思って。妻と子供を守ろうとするお父さんみたいっつーの？　格好いいよー」

　上條は「ば、馬鹿なこと言うな」といったんは怒ったが、内心では悪い気はしなかったようで、「瀬名みたいなのが嫁さんだったら、尻に敷かれまくって大変だ」と小声で言い返してきた。瀬名はキッチンでお茶の用意をしているので、声をひそめれば会話は聞こえない。

「……瀬名の奴、新藤に会ったんだろう。ふたりの様子はどんな感じだった？」

　ここぞとばかりに、上條がこそこそ聞いてくる。おっさん、あんたもかよ……としょっぱい親近感が湧いた。葉鳥が瀬名をライバル視せずにはいられないように、上條も新藤を意識せずにはいられないのだ。その気持ちはよくわかる。わかりすぎて泣けてくる。

「そうだなぁ。なんてーの？　目と目とで語り合ってる感じ？　なんだろうね、あの妙に甘い空気感は」

「目と目で、語り合う……？　甘い空気……？」

　ショックを隠しきれない上條に、葉鳥は追い打ちをかけるように言い募《つの》った。

「ねえ、上條さん。俺、思うんだけどさ。恋愛ってのはプラトニックな関係が一番タチ悪いよね。お互い好意があるのに、やりたくてもやれないもどかしい関係っつーのはさ、最高に燃えるでしょ？　違う？　ね、違う？」

「違わないな。そのとおりだ。そういう関係は、納豆みたいに糸を引くよな」

上條が真剣な表情で頷いたその時、「さっきから聞こえてますけど」という冷ややかな声が飛んできた。トレイを持った瀬名が上條の後ろに立っていた。体感温度マイナス十度くらいの冷気が漂ってくるような錯覚を覚える。

「葉鳥くんも上條さんも、いい加減にしてくださいよ。私と隆征さんの関係をいつまでもしつこく疑って。そういうの、なんて言うか知ってますか？　下種《げす》の勘繰りって言うんですよ」

下種のところを力強く強調して言うので、嫌み感が半端《はんぱ》ない。

「智秋。下種ってどういう意味？」

祥が無邪気に尋ねた。それはいい質問だね、と言うように、瀬名はにっこり微笑んだ。

「心根の貧しい品性の下劣な人間のことを、下種って言うんだよ」

言葉をなくしたまま膝《ひざ》を揃《そろ》えて俯《うつむ》いている上條に、心から同情した。恋人に下種呼ばわりされるなんて本当に気の毒だ。葉鳥だってもし新藤に下種と言われたら、ショックで三日は食事が喉《のど》を通らないだろう。さすがは蛇女だ。締め上げる時は容赦ない。

自分の質問のせいで場の空気が悪くなったことを察した祥は、「あ、あの、僕、自分の部屋に行ってるね……」と口をごにょごにょさせながら、逃げるようにリビングから出て行ってしまった。

瀬名は何事もなかったかのように、ティーポットを持って紅茶を注ぎ始めた。

「どうぞ」

「サンキュー。うーん、いい香り。……そういや、ヒカルはもう全然出てこなくなったの？」

「ああ。人格が統合されてからは、ヒカルは一度も出現していない」

祥はかつて解離性同一性障害――わかりやすく言えば多重人格の症状があり、葉鳥と初めて出会った時は、まったく性格の違うヒカルという別人格を自分の中に持っていた。だがその後、人格が統合されて、ヒカルは祥の中に吸収されてしまった。

「そうなんだ。祥にとってはいいことなんだろうけど、ちょっと残念だな。ヒカルって面白い奴だったから」

祥は大人しい性格だがヒカルは負けん気の強い少年で、葉鳥が脅した時も強気に刃向かってきた。葉鳥はその生意気さを気に入っていたのだ。

「ヒカルはいなくなったわけじゃないよ。祥の一部になって今も彼の中に存在している」

瀬名が優しい表情で言う。瀬名は祥の中にヒカルを感じているのかもしれない。

人間はつくづく面白い生き物だと思う。祥を見舞った数々の不幸については、葉鳥もある程度知っている。悲惨な幼年期を経て、祥の心は自分を守るために複数の人格を生み出すしかなかったのだろう。だが自己防衛システムの働き方は人それぞれだ。祥とまったく同じ体験をした人間が、祥とまったく同じ症状に至るとは限らない。むしろ心の傷は違った形で発露する。

「……すまん、同僚から電話だ。仕事の話だと思うから、お前の部屋を借りていいか?」

携帯の着信表示を見ながら上條が言った。瀬名が「どうぞ」と答えると、上條は電話に出て険《けわ》しい顔で話をしながらリビングを出て行った。

「普段はいまいちパッとしない人だけど、仕事モードになると急に格好よくなるよね」

「そう? 私は普段から格好いいと思ってるけど」

紅茶を飲みながら瀬名が澄ました顔で答えた。葉鳥は「なになに」と身を乗り出した。

「急にのろけちゃって、どうしたの?」

「私だってのろけたい時もあるんだよ。私にとって上條さんは誰よりも格好よくて、最高にセクシーで、たまらなく可愛い人だ。最高の恋人だよ」

「死ぬほど腹が立つのに?」

「ああ。死ぬほど腹が立つのに」

葉鳥が「矛盾《むじゅん》してる」と指摘すると、瀬名は「だよね」と笑った。

「でも人は矛盾の中で生きてる生き物だから」

瀬名がさりげなく口にした言葉は、葉鳥の心の深い場所にすとんと落ちた。矛盾なら山ほど抱えて生きてきた。その矛盾の中で時に傷つき、苦しみ、抗《あらが》ってきた。たったひとつの正しい答えが欲しくて、揺るぎないものを求めて、飢えるように焦がれるように生きてきた葉鳥には、矛盾をあっさり肯定して生きている瀬名が羨《うらや》ましく思えた。

「俺さ、二十四になるのにまだ大人になれてないって気がして、たまに落ち込むんだよね。どうしたら大人になれると思う？」

「二十四歳で達観した大人になる必要はないんじゃないかな」

瀬名が落ち着いた声で優しく答えた。心情を吐露《とろ》した途端、瀬名の顔が自然とセラピストのそれになったのを見て、さすがはその道のプロだけあると感心した。

「でもガキでいられる年でもないでしょ」

心の中で、それに子供だっているわけだし、と言い添える。

「君は無軌道なところもあるけど、とても頭のいい子だ。だから自分にも厳しくなるんだろうけど、もっと今の自分を肯定してもいいんじゃないかな。自分を否定して卑下《ひげ》してばかりでは、本当の意味で大人になるのは難しいと思うよ」

葉鳥は「意味、わかんね」と呟き、だらしなくソファにもたれかかった。

「自分を肯定するのなんて簡単じゃん。俺は悪くない。俺は正しい。こうなったのはあいつらのせいだ。みんな社会が悪い。俺の責任じゃない。そんなんで大人になれるわけ？」

「自分を肯定することと、他人を否定することをイコールにしないで考えるんだ。他人は関係ない。すべて自分の問題だ。自分の心とだけ向き合うんだよ」

自分の心と向き合うことにうんざりしている葉鳥は、「そういうの、お腹いっぱい」と自分の腹を叩いて見せた。

「俺、こう見えて結構自分とは真剣に向き合ってんのよ。でもさ、向き合えば向き合うほど絶望的な気分になるんだよね」

「それは君が自分の粗《あら》を探してばかりいるからだろう。自分を愛せるようになったら、君は自分の大事な人たちを、今以上に深く愛せるようになるんじゃないかな」

瀬名の言葉は正論だと思うが、葉鳥にはハードルが高すぎる。そもそも簡単に自分を愛せるような人間なら、こんな破天荒な人生は送っていなかったはずだ。

「葉鳥くん。焦らなくていい。君には隆征さんがいるじゃないか。見守ってくれる人がいる君は、これからいくらでも変わっていけるさ」

励ますように温かい口調で言われ、尻がもぞもぞしてきた。自分から相談しておいてなんだが、瀬名に優しくされると調子が狂う。

「ま、適当に頑張るよ。じゃ、俺はこれで」

葉鳥はそそくさとリビングをあとにした。玄関に向かう途中、右手のドアから上條が出てきて廊下で鉢合わせになった。

「お。帰るのか？」

「うん。あ、瀬名さん、さっきのろけてたよ。上條さんのこと最高の恋人だって。すんげぇ愛されちゃってるじゃん、このこの」

肘《ひじ》でぐりぐり突っついてやると、上條は壁際に逃げながら「ほ、本当かよ。今の」と食いついてきた。

「本当だって。あ、でもこんなことも言ってたよ。あれで、あとは真っ昼間から激しく押し倒してくるようなワイルドさがあったら、もっと素敵なのにって。強引に迫ってくる男が好きなのかな？　瀬名さん、エロいよねー。んじゃ、またね」

言うだけ言って外に出た。ドアの前で五秒数えてから、再び玄関に入ってみる。耳を澄まして待っていると、リビングのほうから何かを叩くような音が聞こえてきた。

「てっ！　な、なんでぶつんだよっ？」

「ぶつでしょ、普通。真っ昼間からいきなり押し倒してきて、何を考えているんですかっ」

「いや、だってお前がそういうの好きだって言うから――」

「はあっ？」

葉鳥は手のひらで口を押さえて外に出た。廊下を歩きながらも笑いが止まらない。

「くくく。あーもう最高。あのおっさん、ホント単純で可愛いよなぁ」

悪戯《いたずら》の成功に気をよくしたまま、鼻歌を歌いながらエレベーターで一階に下りた。マンション前に駐めてあった愛車のバイク、ヤマハのドラッグスター・クラシックの前まで来た時だった。ライダースジャケットの胸ポケットで携帯が鳴った。電話をかけてきたのは井元《いもと》だった。

「忍さん、今外ですか？　礼の件で報告に上がろうかと思っているんですが」

葉鳥はニヤッと笑ってバイクに跨《また》がった。さすがは井元だ。仕事が早い。

「じゃあ、本宅に来てくれ。三十分で戻るから」

「了解です」

電話を切ってバイクのエンジンをかけた瞬間、葉鳥の頭の中から瀬名と上条の存在はきれいさっぱり消え去っていた。

3

「食堂でも別にいいんじゃないですか？」

落ち着かない様子で井元が部屋を見回している。バイクで来たので革のジャケットに革のパンツという、いかにもバイク乗りという出で立ちだ。

「密談すんのに食堂はまずいでしょ」

葉鳥はそう答え、井元の向かい側に腰を下ろした。見るからに高級そうな革張りのソファは、やはり座り心地も最高にいい。

「本部の応接室で密談ですか。なんか俺、すげぇ大物になった気分ですよ」

眉毛《まゆげ》のない怖い顔で可愛いことを言う。井元は葉鳥より二歳年上の二十六歳で、まだ若いが二十歳の頃から東誠会に属しており、すでに中堅的組員だ。目端が利いて頭の回転が早く、度胸もあって行動力もある。それでいて出しゃばったり利口ぶったりしないので、葉鳥は井元を高く買っていた。葉鳥が大型バイクを乗り回すようになったり、格闘術を身につけるようになったきっかけをつくってくれたのも井元だ。

「俺についていれば、そのうち嫌でも大物になれるさ」

「そりゃ嬉しいですね。でも忍さんにこき使われていたら、大物になる前にくたばっちまいそうですよ」

井元は真顔で答え、革ジャンの内ポケットから一枚の写真を取り出し、テーブルに置いた。

「こいつが稗田伸二《しんじ》か」

「はい。狂犬みたいな男だとは聞いてましたが、忍さんに言われていろいろ調べてみたら、想像以上のいかれっぷりでした」

葉鳥は写真に写った稗田の顔をじっくり眺めた。初めて見る稗田の顔は、ひとことで言えば陰気だった。人の視線を避けるように顎を引いて俯き気味だが、目だけは上目遣いで前方をにらみつけている。卑屈。怒り。傲慢。拒絶。孤独。狂気。目鼻立ちは決して悪くないのに、その顔から感じられるのは、おおよそネガティブな気配ばかりだ。

「稗田は現在、二十七歳。葛飾《かつしか》区で生まれ育ち、高校中退後、千葉《ちば》の市川《いちかわ》に移り住んでます。中学の頃、教師に対する恐喝と暴行で少年院送りになってます。同級生の女子生徒に教師を誘惑させて、教師の淫行現場を押さえて恐喝するってヤクザまがいの手口で、カモになった教師は三人もいたそうです。その後、工業高校に進学しましたが素行は改善せず、喧嘩相手を拉致《らち》監禁し、両目を潰《つぶ》して失明させるなどのリンチを加えて少年院に送致されました。大人になってからも似たり寄ったりで、うちの組に入るまでは傷害で何度か逮捕され、臭い飯も食ってます」

「いつ磯崎の弟分になったんだ」

「ええと、三年ほど前からですね」

井元が手帳をめくりながら言葉を続ける。

「当時、稗田は浜井《はまい》組という小さな暴力団に身を置いていたんですが、組が解散することになって、そこの組長が懇意にしていた磯崎さんに稗田を託したらしいです。磯崎さんは組長に恩義があり、稗田を一人前の極道として育てると約束し、稗田を弟分にしたそうですが、稗田の狂犬ぶりにほとほと手を焼いていたって話です」

「狂犬つっても、待てやお座りくらいできんだろう。でなきゃ磯崎もすぐ放り出していたはずだ」

「稗田は磯崎さんには心酔していて、磯崎さんの命令にだけは忠実だったみたいですね。ただ磯崎さん以外の人間の言葉には従わず、すぐキレて暴力沙汰を起こしていたそうです。堅気でも容赦なく手を出していたって話です」

葉鳥はソファの上で胡座《あぐら》をかき、「へー」と気のない相槌を打った。それだけ揉め事を起こしているのに、磯崎のもとに来てから警察沙汰《ざた》になっていないということは、必要な時にはちゃんと悪知恵が働くタイプなのだろう。ただのアホではないようだ。

「新藤さんを襲ったのも磯崎のためだったんだろ？　泣ける忠誠心じゃねぇか。そこまで磯崎ラブってことは、稗田はホモだな。ドホモだ。間違いない」

「……それ、忍さんが言いますか」

井元が薄笑いを浮かべて指摘した。

「やだ、井元っち。ホモはホモ語っちゃいけないっていうの？　ひどーい！　それって偏見だわ！　差別だわ！　だわだわ！」

頬に手を添え、身体をくねらせて猛抗議すると、井元は「はいはい」と面倒くさそうに、ふざける葉鳥をいなした。

「でもあれっすね。磯崎さんに対する稗田の忠実さと、会長に対する忍さんの忠実さって、結構いい勝負っていうか」

「やめて！　忍子のパパに対する愛情は、もっと神聖でイノセントなものなんだからっ」

本気で面倒くさいのか井元は突っ込むことすらせず、「ちなみに磯崎はホモじゃありません」と冷静に返してきた。

「結構もてたようで、女は切らしたことがなかったみたいです。女の部屋を転々としていて、自分のやさは持ってなかったって話です。……ところで、どうして稗田のことを知りたがるんですか？」

「やあねぇ、そんなの決まってるでしょ。稗田を捜し出してボッコボコのボコリンコにするためよ。あ、そうだ。どうせなら小指じゃなくて、チンコ切り落として、オカマちゃんにしてやってもいいわね。うふ」

両頰に人差し指を押し当てにっこり笑うと、葉鳥の無軌道な言動に慣れてるはずの井元が顔をひきつらせた。

「それ、会長はご存じなんですか？」

「チンコの切り落とし？」

「いや、そうじゃなくて、忍さんが稗田を捜そうとしていることですよ」

葉鳥は「知ってるよー」と答え、ソファの背もたれに両腕を広げてもたれかかった。

「最初は絶縁処分にした相手のことなんて、もう放っておけって言われたんだけど、俺、超反論しまくったの。あんなに口答えしたの初めてってくらい、しつこく食い下がった。だってさ、絶縁してハイ終わりっていうわけにはいかないでしょ。稗田はてめぇが属してる組織の、次期会長候補を殺そうとしたんだから。一昔前だったら、あんた今頃コンクリ詰めで東京湾《とうきょうわん》に沈んでまっせ、ってなケースじゃん。せめて俺がボコボコリンリンにしなきゃ、この俺が納得できないのよ。最後には新藤さんも、そこまで言うなら好きにしろって言ってくれた」

「……忍さんもやっぱ狂犬の部類ですよね」

「忠犬と狂犬は紙一重《かみひとえ》ってことじゃねぇーの？」

「で、どう動くんです？　稗田の奴、すっかり雲隠れして、居場所がまったくわからないんですけど」

葉鳥は「うーん」と唸《うな》り、意味もなく天井を見上げた。

「やっぱ女に当たるのが早道だろうな。そんなキレやすい性格じゃあ、ろくなシノギも上げられなかったはずだ。どうせ女に食わせてもらっていたんだろ」

「稗田がつき合ってた年上の女ならわかります。稗田はころころ女を変えていたようですが、この女とは長くつき合っていたみたいです。最近、別れたそうですけど」

「井元くん、さすがだね。仕事早いわ。早く俺の愛人になりなよ」

投げキスしてウインクしたら、「死んでもなりません」と本気で断られた。


「伸二の居場所なんて知らないわよ。こっちはあいつと別れられて清々してんだから、もう思い出したくもないわね」

まだ開店前のスナックの店内で、田上奈々枝《たがみななえ》はうんざりしたように言い放った。酒焼けしたガラガラの声が、いかにもスナックのママといった感じだ。外見も水商売そのもので、髪を派手に巻き、こってりメイクで怖いくらいに化けている。若作りしているから一見すると三十代半ばくらいに見えるが、実際は四十四、五くらいかもしれないと葉鳥は予想した。顔は化粧でごまかせても、首や手に隠しきれない年齢を感じる。

「でもさ、ママは稗田とつき合いが長かったんでしょ？　稗田の女関係もよく知ってるって聞いたよ」

「あいつは女と別れるたび、うちに転がり込んできたからね。でもまた女ができると、いつの間にかいなくなるの。その繰り返しよ。ったく、ふざけた男よね」

「だったら稗田が今、どこにいるのか見当もつくんじゃないの？」

奈々枝はカウンターの中で「さあね」と答え、葉鳥と井元を交互に眺めた。胡散《うさん》臭い連中だと思っているのは、目つきを見ればわかる。

「あんたら取り立て？　伸二に貸した金でも踏み倒されたの？」

「まあ、似たようなもんかな。貸しがあるのは確か。……ねえ、ママ。よーく考えてよ。思い当たる女とかいるでしょ？　俺ら稗田の居場所を突き止めないと、上からどやされんだよね。すげー困るの。お願い！　教えてっ」

葉鳥はあくまでも下っ端が使いにきたという態度で、奈々枝に可愛く頼み込んだ。ついでにカウンター越しに腕を伸ばし、奈々枝の手を強く握る。

「ねえ、お願いします。なんでもいいから教えて、美人なお姉さん」

「ちょ、何すんのよ。馴れ馴れしい子ね」

奈々枝は苦笑して手を振り払ったが、葉鳥に手を握られて満更《まんざら》でもないようだった。脈ありなのを確認してから、葉鳥は猫なで声で続けた。

「教えてくれたら、俺、毎晩でもこの店に通っちゃう。あ、本気だからね。そうだ、ボトルキープしちゃおう。これで適当なお願い」

尻のポケットから財布を取り出し、一万円札を二枚引き抜いた。さりげなく財布に万札が詰まっているのを見せつけることも忘れない。

「はい、どうぞ」

二万円を差し出すと奈々枝は急に愛想をよくして、「あら、なんだか悪いわね」と親しみのある笑顔を浮かべた。

「XOでいいかしら?」

「うん、いいよ。ネーム札にはクジラって書いておいて」

奈々枝が目を丸くして、「クジラ? それ本名?」と聞き返した。

「うん。本名。久しいに地面の地に楽しいって書いて久地楽《くじら》。……ね、ママ。ちょっとは思い当たる行き先とか、本当はあるんでしょ？　意地悪しないで教えてよ」

再度、手を握って訴える。今度は振り払われなかった。奈々枝は手を握られながら、「そうは言ってもねぇ」と恥じらうような誘うような目つきで葉鳥を見てくる。期待に満ちた目だ。

葉鳥は奈々枝の手の甲を優しく撫《な》で、そろそろと進めて手首のあたりまで指を這《は》わせた。内側の皮膚を人差し指の腹で、意味ありげにねちっこく愛撫する。

井元が隣で呆れているのがわかったが、気にしない。色仕掛けで情報が引き出せるなら安いものだ。脅して吐かせるより労力ははるかに少ない。

「……ねえ、教えて。教えてくれたら、夜にまた来るから」

囁《ささや》くように言うと、奈々枝は「本当に？」と目を細めた。葉鳥は「本当。約束する」と答え、ぱっと手を離した。

「でもその前に仕事を終わらせないといけないから、稗田の居場所を早く教えてよ」

甘い口調をやめて最後は素っ気ない態度で言った。奈々枝はまだ迷っているようだったが、葉鳥の顔をしばらくちらちら見て、やがて溜息をついた。

「わかった。教える。でも伸二が今もそこにいるかどうかは、わからないわよ」

「いいよ。それで十分。で、稗田はどこにいるの？」

「その前に約束して。もしそこに稗田がいても、私から居場所を聞いたってことは、絶対に明かさないで。ばれたらあいつに殺される」

何を大げさなと一笑に付すことができない表情だった。奈々枝は本気で稗田を恐れている。

「言わないよ。絶対に言わない。ママに迷惑はかけないから」

葉鳥が真顔で約束すると、奈々枝はためらいがちに口を開いた。

「伸二は今、藤井《ふじい》っていう若い男の部屋に転がり込んでいるみたい。伸二の高校の時の後輩で、伸二の数少ないお友達ってやつね。っていうより、藤井くらいしか友達いないんじゃないかしら。うちにも何度か飲みに来たことあるけど、頭の弱そうなしょうもない男よ。その藤井から何日か前に電話がかかってきて、伸二が急に転がり込んできて困ってるって言うから、知らないわよ、もう別れたのにって言ってやったわ」

葉鳥は奈々枝から藤井の住所を聞き終えると、「助かったよ」と椅子から腰を上げた。

「じゃあ、また夜にね」

ウインクを飛ばしたが奈々枝の表情は冴《さ》えない。教えたことを後悔しているのかと思ったが、そうではなかった。

「ねえ、気をつけなさいよ。伸二って本当にやばいから。普通じゃないのよ。人の血を見ると興奮するような異常者なんだから」

ドラキュラかよ、と突っ込みそうになったが、奈々枝の深刻な顔を見るとさすがにふざけられなかった。

「ママはどうしてそんな変態とつき合ってたの？」

「最初は優しいのよ。もう気持ち悪いくらい優しくて、女にめちゃくちゃ尽くすの。で、女が落ちたら今度は暴力で支配するわけ。そこまでは普通のヤクザと同じだけど、ヤクザは女に稼いでもらわないといけないから、死ぬほど痛めつけたりしないじゃない。でも伸二はお構いなしよ。私もひどい男は何人も見てきたけど、伸二は性格がどうとかそういうレベルじゃなく、完全に異常者よ。病気ね。あの子はね、医者に反社会性人格障害だって診断されてるのよ」

奈々枝はシャツをめくり上げ、筋が浮かんだ細い腕を出して葉鳥に向けた。二つ並んだ黒子《ほくろ》を取り囲むように、治りかけの痣《あざ》がいくつもある。

「腕だけじゃないわ。あいつと一緒にいると全身痣だらけ。本人は親に虐待《ぎゃくたい》されて育ったから、そのトラウマで変になったって言うのよ。だけど異常な自分を受け入れて、問題意識の欠片《かけら》も持ってないんだから、救いようがないわ。それに拳銃を持ってるって話よ」

「拳銃？　本物の？」

奈々枝はシャツを戻しながら、大きく頷いた。

「あたしは実物見てないから、嘘か本当かわかんないけどさ。本人が得意そうに言ってたのよ。だからあんたもさ、いくら仕事でも、あんな男にはかかわらないほうがいいわよ」

「昔、おばさん相手に商売してたって話、マジだったんですね」

スナックを出てすぐ、井元がしみじみした口調で言った。

「何？　嘘だと思ってたのか？　俺は筋金入りのおばさんキラーなんだよ。初体験なんて小学校六年の時、クラスメートの母親とだぜ。年増《としま》女なら任せとけ」

「腐ってますね、人としてもう根本的に」

「俺が誘ったんじゃねーっつの。いたいけな美少年にむらむらする人妻のいけない欲望が悪いんだろ」

「ところで夜、この店にまた来るんですか？　ママ、すげぇ期待してましたけど」

「来るわけねぇだろ。ほら、バイク出せ。行くぞ」

葉鳥は井元のバイクの後ろに跨がり、市川にある藤井の家に向かった。思ったより簡単に居場所がわかって拍子抜けだが、順調なのはいいことだ。こんな面白くもない仕事はさっさと終わらせるに限る。

藤井の家は恐ろしく古い二階建てのアパートだった。外の階段はよくぞここまでと思えるほど錆《さ》びつき、今にも崩れ落ちそうだ。それに線路のすぐそばなので、電車が通ると暴力的な騒音に包まれる。

「いきなり乗り込んでいくんですか?」

「いきますよー。監視とか様子見とか、かったるくて嫌だもん」

二階の端部屋が藤井の部屋だった。呼び鈴を押すと室内から音程の外れたピンボーンという音が聞こえてくる。三回押しても誰も出てこなかった。ドアに耳をくっつけて様子を窺《うかが》ったが、人のいる気配は感じられない。居留守ではなさそうだ。

「どうします?」

「井元兄貴の得意なあれ、久しぶりに見たいなぁ。ねえ、見せてよ」

葉鳥が胸の前で両手を合わせると、井元はあまり乗り気ではなさそうだったが、革ジャケットの胸ポケットからぐねぐね曲がった針金を取り出した。それを指で伸ばしながら「誰か来ないか見ててください」と告げ、しゃがんでドアの鍵穴《かぎあな》に差し込んだ。

「開きそう?」

「楽勝ですよ、こんな古いタイプの鍵」

言葉どおり、ものの一分ほどで鍵は開いた。

「お見事。じゃあ、ちょっくら中を覗いてくるから、外で見張っててよ」

葉鳥は井元を廊下に残し、藤井の部屋に靴を履いたまま侵入した。入ってすぐが台所で、その奥が二間続きの和室だが汚い。とにかく汚い。脱ぎ散らかした服やエロ雑誌や、果てはコンビニ弁当のゴミやビールの空き缶なども転がっていて、とにかく散らかり放題だ。

「うわー。きったねーな。告白すると怖いものなしの忍くんですが、実はゴッキーちゃんだけはダメなんです。出たら泣くからね」

くだらない独り言をこぼしつつ、中に入っていく。前の部屋はこたつと適当に畳んだ布団が置かれてあった。奥の部屋は広げた布団が出しっぱなしで、ふたりの人間がこの部屋で寝起きしている事実を確認できた。

奥の部屋を眺めていて、古びた洋服ダンスが気になった。合板の安っぽいタンスで端の方がめくれあがり、下地のベニヤ板が見えている。こういうタンス、昔うちにもあったっけ、と妙な懐かしさを覚えつつ、観音開きの扉を開けた葉鳥は、扉の裏側に思わぬものを見つけて息を呑《の》んだ。

「なんだよ、これ……」

扉の裏側全体に写真や細かい文字の書かれたメモが、びっしりと貼り付けられている。写真はすべて同じ人物が写っていた。

「おい、井元！　ちょっと来てくれ」

声を張り上げると井元が何事かと飛び込んできた。

「どうしました?」

「これを見てくれ。どう思う」

井元はそこに無造作に張られた大量の写真を見て、「うわ」と絶句した。

「……これ、相当やばくないですか?」

本宅を出る新藤。車から降りる新藤。どこかのレストランで会食中の新藤。どの写真にも新藤の姿が写っている。

「ああ。稗田の野郎、新藤さんを襲う気だな。つけ回してやがる」

「こんなに盗撮してるってことは、そうとしか考えられませんね。しかしこれじゃあまるでストーカーだ」

「新藤さんの護衛を増やすよう、カワッチに言っとかなきゃ」

制裁を加えるために捜していたが、そのおかげで稗田の企みにいち早く気づけた。これはもう何が何でも稗田を捕まえて、しかるべき措置をとる必要がある。小指一本程度では済まされない話だ。

その時、玄関のほうから音がした。葉鳥と井元が振り返るのと同時にドアを開いて、パーカーのフードを被《かぶ》った男が玄関に入ってきた。男は部屋の中に人がいたことに驚き、持っていたコンビニ袋を玄関に落とした。

目が合った。そこにいるのは紛れもなく稗田伸二だった。

「稗田っ！」

咄嗟《とっさ》に吠えたが、稗田は素早く身を翻《ひるがえ》し外に飛び出した。葉鳥はすぐさま後を追いかけた。全速力でアパートの廊下を走り、階段を駆け下りたが、残り十段くらいのところで手摺りを乗り越えて飛び降りた。着地した足にズンと衝撃が走ったが、線路沿いの道を走っていく稗田の背中が見えたので足は止めなかった。

死に物狂いで追いかけた。距離がじわじわと縮まっていく。いける、追いつける。そう確信した時、稗田が人ひとりが入れる程度の細い路地に飛び込んだ。葉鳥も当然続いた。

左右は高い塀で、突き当たりは頑丈そうな鉄柵。その向こうには私有地らしき雑木林が広がっている。袋小路に追い込んだと喜んだのも束の間、愕然とすることが起きた。

稗田は鉄柵の扉を開けて中に入り、ぶら下がっていた南京錠を内側からかけてしまったのだ。

——やられた。

鉄柵の扉を摑《つか》んで思い切り揺らしたが、びくともしない。

「くそ……っ」

悔しがる葉鳥を見て、鉄柵の向こう側で稗田が肩で息をしながら笑っていた。嫌な笑い方だ。目つきも気持ち悪い。生理的な嫌悪が湧いてくる。

葉鳥は頭上を見た。鉄柵の上部には、ぐるぐる巻きになった有刺鉄線《ゆうしてっせん》が張り巡らされている。葉鳥はそれをにらみつけ、上等だ、これくらい越えてやろうじゃねぇかと鉄柵をよじ登りかけたが、追いついた井元に「無茶ですよ!」と引きずり下ろされてしまった。

「お前、新藤のイロの葉鳥だろう」

身の安全を確保して安心したのか、稗田はその場にとどまって話しかけてきた。

「どうも初めまして。東誠会三代目会長のキュートな愛人、葉鳥忍です。いつぞやは俺の大事なダーリンに大怪我させてくれちゃって、てめえ、まじぶっ殺すぞ」

最後だけ低い声で告げた。稗田はニヤニヤ笑っている。

「鼻っ柱の強いガキだとは聞いてたけど、本当みたいだな。オカマならオカマらしく、ベッドで大人しく尻でも振ってろよ」

「言われなくても、毎晩張り切って振ってるっつーの。お前、なんで新藤さんを狙《ねら》ってる。絶縁処分にされての逆恨《さかうら》みか?」

「違う。俺のことはどうでもいいんだよ。けど磯崎さんを破門にしたのは許せない。あのホモ野郎、組織のトップになった途端、邪魔な磯崎さんを追放しやがった。親のおかげで三代目を継げた能無しのくせに」

稗田は憎しみに満ちた目つきで新藤を罵《ののし》った。

「アホか。磯崎が破門になったのは、お前が勝手に新藤さんを襲ったからじゃねぇか。お前のせいで磯崎は組織にいられなくなったんだ。すべて自分の蒔《ま》いた種、自業自得《じごうじとく》ってやつだろうが。何寝ぼけたこと言ってやがる」

「黙れっ！　俺だけ処分すれば済む話だったのに、そうしなかったのは新藤が磯崎さんを恐れていたからだろ。俺のことは邪魔者を切るための口実だったんだよ」

葉鳥は井元を振り返り、「駄目だ、こりゃ」と肩をすくめてみせた。

「思い込みが激しすぎて話になんねぇや。俺、こいつと喋《しゃべ》るのやだ。疲れる」

「おい、オカマ野郎。俺は磯崎さんを破門にした新藤を許さない。絶対に報復してやる。あいつをずたずたに切り裂いて、俺の前で土下座させてやる」

目がぎらぎらと光っている。あれだけ全力疾走できたのだから、おそらく薬物はやってないだろう。ナチュラルハイでここまで興奮できるのなら、たいしたものだと真剣に感心した。

「身の程もわきまえずに大口叩いてんじゃねぇよ。お前みたいなしょうもない人間に、一体何ができるっていうんだ。お前は社会のゴミだ。人間の屑《くず》だ。生きていたって誰も喜ばねぇ。いや、どっちかって言うと、生きててごめんなさいって、社会に土下座して謝ったほうがいいレベルだ」

稗田の顔が怒りのせいで赤黒くなった。それを見て奇妙な愉悦が湧いた。この男は嫌いだ。

もっと傷つけてやりたい。稗田の心に悪意という名の鋭い刃を、何度でも突き立ててやりたくてたまらない。そんな衝動に襲われ、葉鳥は自分を見失いそうになった。

「薄汚いオカマ野郎が、よくも言ってくれたな……。覚えてろよ。新藤もお前もまとめて片づけてやる」

稗田は地を這うような低い声でそう告げると、背中を向けて走り出した。どこかに他の出口があるはずだが、捜して回り込んだところで追いつけはしないだろう。葉鳥は追跡を諦め、木立の中に消えていく稗田の後ろ姿を見送った。

「忍さん、これからどうしますか?」

「逃げられちまったもんはしょうがない。出直すしかないだろ。俺、なんかむしゃくしゃするから遊んで帰る。このことはお前からカワッチに報告しておいてくれ。じゃあな」

すたすた歩きだした葉鳥に、井元が「え、なんすか、それっ」と慌てる。

「遊ぶって忍さん、どこに行くんですかっ?」

「クジラのとこ。ここからだと近いし、ちょっと飲みに行ってくる」

4

ネットで反社会性人格障害を検索してみる。反社会性パーソナリティ障害ともいい、数ある人格障害の中でもかなりやっかいな部類のひとつらしい。

端的に言うと良心がない、社会に順応できない、自分の利益や快楽のために嘘をつく、人を騙《だま》して操作する、衝動的、カッとしやすく攻撃的、無責任、良心がないので他人を傷つけたり虐待したりしても心が痛まない、常に自分が正しいと思っている。

そういった症状が複数当てはまれば診断が下されるらしいが、葉鳥は自分だって必要ならいくらでも騙すし傷つけるし、それで心が痛んだりもしないわけだから、医者にかかれば「君は立派な人格障害だね」と言われるのかな、と本気で考えた。

「忍さん、ダーツしませんか？　この前のリベンジさせてくださいよ」

「しねぇよ。悪いけど俺、今日はそういう気分じゃないの。ひたすら飲みたい気分だから放っておいてくれ」

カウンターに座った葉鳥が携帯を弄《いじ》りながら素っ気なく答えると、鼻にピアスをしたモヒカン頭の少年は「コーラで酔えるんですか?」と真面目な顔で尋ねてきた。

「酔えるわけないだろ。ほらあっち行った。今日はもう俺に構うな。これ以上構うなら、その可愛いプリケツ、ガッツンガッツン犯してやる」

尻をギュッと摑んだら、少年は「怖っ」と叫んで奥でたむろしている仲間たちのところに逃げ帰っていった。暴走族の溜まり場になっている『Wildcat』の店内は、相変わらずうるさい音楽が流れ、煙草の煙がもうもうと立ちこめている。

「クジラ。お代わり」

空になった瓶を持ち上げて注文したら、カウンターの中にいたクジラが「三本目だぞ」と呆れ顔になった。葉鳥は「悪いか」と言い返し、盛大なゲップをした。

「コーラばっかり、よくそんなに飲めるよな」

「他に飲むもんないんだから、しょうがねえだろ。……ハァ。俺だって飲めるもんなら酒が飲みたいよ。浴びるほど飲んで、べろべろに酔っ払っちまいたい」

「どうしたんだよ。珍しく落ち込んでるみたいだけど、何かあったのか? 俺でよければ話くらい聞くぞ。話せば少しはすっきりするだろう」

葉鳥は頼もしげなクジラを見上げ、「お前が二十二だなんて詐欺《さぎ》だよな」と言ってやった。

この店の店長のクジラこと久地楽健志《たけし》とは、半年ほど前に知り合った。スキンヘッドの強面《こわもて》に、たくましい体格。年にそぐわない落ち着き払った態度。それらを見て、最初は自分より絶対に年上だと思ったものだ。

「ご機嫌斜めだな。どうせ旦那と喧嘩でもしたんだろ」

「あー。それ禁句。でもハズレ。新藤さんとは相変わらずラブラブだよーん」

聞いたのが間違いだったと言いたげな目で、クジラは「あ、そう」と聞き流した。

「……でも今日は帰りたくない。お前んちに泊めて」

葉鳥がカウンターに突っ伏してボソッと言うと、クジラはしばらく黙り込んでから「別にいいけど」と答えて、葉鳥の頭をくしゃくしゃっと撫でた。

「でも旦那には連絡しておけよ。自分の大事な男に余計な心配はかけるな」

年下に説教されてしまった。だが嫌な気はしない。葉鳥は突っ伏したままで素直に「うん」と頷いた。

「店が終わるまで待ってるのも退屈だろう。先に送っていってやるよ」

説教されたついでに、その親切にも甘えることにした。クジラのマンションはバイクで五分ほどの場所にあり、以前も何度か泊まったことがある。クジラはバイトの青年に店番を頼み、葉鳥を自分のバイクに乗せて家まで送り届けると、部屋の鍵だけ渡してすぐ戻っていった。

クジラの部屋に上がり込んだ葉鳥は、することもないのでもそもそとベッドに潜り込んだ。

ひとりになると落ち込みに拍車がかかり、どうしようもないほど滅入ってくる。

「くっそー。もう死にてぇ……」

そう呟いてから、いや、死んだりしねぇけどさ、と心の中で言い訳する。

ひたすら情けない。腹が立つ。稗田を逃がしてしまったのは、完全に自分の落ち度だ。新藤を狙っているとわかった時点で、稗田はどうでもいいチンピラから絶対に野放しにできない危険人物に格上げされたというのに、まんまと取り逃がしてしまった。あまりの間抜けぶりに反吐《へど》が出る。

こんな落ち込んだ状態で新藤には会えない。というか、へまをした自分が恥ずかしくて合わせる顔がない。

「あー！　もうっ、いーっ、う――っ」

布団にしがみついて歯嚙みしたり、ベッドの中でのたうち回りながら「瀬名先生、大人になるって大変ですね！」と叫んでみたり、しばらくは頭の悪い子供みたいなことをして苛立《いらだ》ちを発散させていたが、段々とそれも馬鹿らしくなってきて、最後は手足を投げだして死んだみたいに脱力した。

「あ。新藤さんに電話しなきゃ……」

無断外泊は正しい愛人の在り方に反する。葉鳥は寝そべったまま新藤に電話をかけた。葉鳥が今夜は知り合いのところに泊まると言ったら、新藤はたったひとこと「わかった」と答えて電話を切ろうとした。

「んもう、新藤さん、それはないいんじゃないの？　誰のところに泊まるんだって聞いてくれなきゃ、俺の立場がないでしょ」

ああ、俺ってホント嫌な奴、と思いながらも言ってしまった。どうでもいいことで新藤に絡むなんて最低だ。いっそのこと我儘《わまま》を叱ってくれたらいいのにと思ったが、新藤はそんな器の小さな男ではなかった。

「聞かないほうがいいだろう。誰と一緒なのか知ってしまえば、そいつの名前を一生忘れられなくなる。俺はこう見えて嫉妬深くて執念深いからな」

甘い声でそんなこと言うものだから、身体が震えるほど心が痺《しび》れた。喩《たと》えるなら心のペニスが勃起した瞬間に達してしまったような感じだ。葉鳥は思わず目を閉じ、耳朶《じだ》に指をやった。新藤から贈られたダイヤのピアスがそこにある。

「新藤さんの馬鹿。そんなこと言われたら俺、変な気分になっちゃうよ。ねえ、テレホンセックスしよ？」

本気で言ったのに、「俺は車の中だぞ」と笑われた。

「その気になったんなら、帰ってくればいいだろう」

「駄目。今日は新藤さんに合わせる顔ない」

「稗田に逃げられたからか？　気にしなくていい。俺を狙っているのなら、そのうち向こうから姿を現すだろう」

新藤の言うとおりだ。だがその時、新藤の身は危険に晒《さら》される。どんなに注意を払っていても、相手の出方次第で何が起きるかわからない。新藤に万が一のことがあれば、葉鳥は決して自分を許せないだろう。

「あいつ、マジでいかれてる。何をしでかすかわからないから、ガード増やして。できるだけ外出も控えてほしい」

「用心はする。だが何かあってもお前の責任じゃない。それだけは覚えておけ」

新藤の気遣いは嬉しかったが頷けなかった。

「……俺、全然役に立ってないよね。情けなくて死にたくなる」

「また悪い癖が出てきたな。俺のためと言いながら、お前は俺の気持ちをいっさい考えてない。俺が一番望んでいることを蔑ろにして、お前は一体何を成し遂げたいんだ」

厳しい口調ではなかったが、優しい声でもなかった。新藤のかすかな苛立ちを感じ取りながら、葉鳥は「新藤さんが一番望んでいることって何？」と尋ねた。

「お前の幸せだ。俺はお前を幸せにしたい。なのにお前はいつだって、自分の幸せなんかどうでもいいと言う。……俺は時々、お前をどう愛すればいいのかわからなくて途方に暮れる」

溜め息混じりの声に、息ができないほど胸が痛くなった。新藤にこんなに愛されているのに、いつも困らせてしまう。愛し方も下手《へた》なら愛され方も下手な自分に絶望する。

「ごめん。ごめんね、新藤さん。新藤さんの気持ち、よくわかっているのにいつも困らせてばかりで。だけどわかって。俺、幸せだよ。新藤さんと出会えて、新藤さんに愛してもらって、それだけでもう十分幸せなんだ。生まれてきてよかったって思えるようになったのは、新藤さんのおかげだもん」

「お前は――」

新藤は何か言いかけたが、不意に黙り込んだ。沈黙の向こうに新藤の抑制を強く感じた。

「何？　新藤さん、何を言おうとしたの？　いいんだよ。なんでも言ってくれて」

「いや、もういい。お前を責めてもしょうがないな」

声には諦《あきら》めの響きがあった。譲歩してくれる新藤の優しさが苦しい。

「だがこれだけは言っておく。稗田のことはもう忘れろ。専任のチームに行方を捜索させるから、お前はあいつから手を引くんだ」

「え？　だけど――」

「これは命令だ。背《そむ》けばお前と別れるからな」

「ええっ？」

電話は唐突に切れた。葉鳥は携帯を耳に押し当てたまま、呆然として「何それ」と呟いた。愛人として認められてから、新藤が別れるなんて言葉をはっきり口にしたのは、おそらくこれが初めてだ。本気でないにしても顔が青ざめる。おかげで稗田から手を引けと言われた不満も、きれいに吹っ飛んでしまった。

「やだよぉ……。冗談でも別れるなんて言わないでよ。新藤さんの馬鹿……っ」

ショックでふて寝してしまい、そのまま熟睡してしまった。目が覚めた時には、隣にクジラが寝ていて驚いた。

「あれ、いつ帰ったの？　ってか、早くね？」

「客がいなくなったんで、早めに店閉めて帰ってきた。腹減ってないか？」

空腹感はあったが起きるのが面倒だったので、朝まで我慢すると答えたら、クジラは眠そうな声で「じゃあ、起きたらなんかつくってやるよ」と言って寝返りを打った。

「……なあ。泊めてもらったお礼に尺ってやろうか？」

クジラの大きな背中に抱きつき、耳もとで囁いた。クジラは「誘うな。性悪《しょうわる》」と冷たく言い返し、そのまま寝ようとした。素っ気なくされると絡みたくなる。葉鳥はクジラの足に自分の足を搦《から》め、股間に手を伸ばした。

「なんだよ、冷たいな。俺に尺られるの嫌なわけ？」

「こら、触るな。……ったくもう」

葉鳥の腕を摑み、クジラは深々と溜め息をついて身体を反転させた。

「忍さん。俺に抱かれる気もないくせに、そういうのもうやめろよな。俺の気持ちを弄《もてあそ》んで楽しいか？」

「あらら。急に何？　弄ぶって意味わかんないんだけど。クジラ、俺に本気で惚れてるわけ？」

クジラは不機嫌そうな顔でジロッと葉鳥をにらんだ。

「惚れてない」

「だよね。クジラ、ホモじゃないし」

「でも好意は持ってる。……あんた本当に俺のものしゃぶりたいわけ？」

真面目に聞かれると困る。そもそも真面目に話し合うようなことでもない。葉鳥は「面倒くせぇな」と言い返し、ごろんと仰向《あおむ》けになった。

「嫌なら嫌でいいんだよ」

「俺はあんたの本心が知りたいだけだ。あんたが本気でやりたくて言ってるなら、俺だって断る理由はないさ。でもそうじゃないだろ。大体、友達の家に泊まって、お礼がフェラチオって変だと思わないのか?」

葉鳥はびっくりしてクジラの顔を見た。

「なんだよ?」

「い、いえ、なんでもありません」

クジラが自分のことを友達だと思っていたなんて驚きだ。じゃあ、どういう関係なんだと聞かれても答えに困るが、友達というものに縁がない葉鳥には、いきなり友達呼ばわりされることに、ものすごく違和感がある。かといって、別に嫌というわけではなかった。

「……変だって言われても、俺、友達いないなら、よくわかんねぇや」

考えてみれば小さい頃から本当に友達のいない子供だった。幼い頃から致命的なまでに協調性がなかったのだ。仲間はずれにされる前に自ら望んでひとりになるような子供で、いつしか孤独がまったく平気な性格になってしまった。

家を出てひとりで生きるようになってからは、知り合いだけは増えた。というより意図的に増やした。情報とネットワークは金も後ろ盾も持たない子供が、社会の裏で生き延びるための重要な手段のひとつだったからだ。

中には親しくつき合っていた連中もいたが、心から気を許したことはなかった。何度も何度も裏切られると、自然に人を信用できなくなるし、笑いながら相手の腹を探る癖が身についていてしまうものだ。葉鳥も必要があれば平気で他人を裏切ってきた。だから自分を裏切った相手を責めたことはない。

「井元さんは？　あの人は年も近いし、あんたのこと好いてるじゃないか」

「あいつは東誠会の組員だ。上下関係が最初からできあがってる相手を、友達とは呼べないだろう？　そりゃ、俺だって井元のことは好きだよ。でも立場的には俺のほうが上だし、あいつの前で弱音吐いたり愚痴《ぐち》こぼしたりはできねぇよ」

　組織の人間を友達として扱うことには抵抗がある。多少は馴れ合ってもいいが、どこかで一線を引いておかないと、いざという時に判断が鈍《にぶ》る。

「だったら俺の前で弱音を吐けばいい。俺はあんたとなんの利害関係もないし、損得勘定でつき合ってるわけでもない。ただのダチだろ」

「クジラって優しいんだから。新藤さん一筋のこの俺が、ちょっとぐらっときちゃったぞ」

　人差し指で肩をぐりぐり突いたら、なぜか思い切り頰をつねられた。

「いったい！　マジ痛いってっ」

「お仕置きだ。真面目な話になると、そうやってすぐ茶化す。まったく、あんたの旦那はよく我慢してるよな」

　クジラはまた溜め息を吐くと、自分でつねった葉鳥の頰を手の甲でそっと撫でた。そんな駄目な子を哀れむような目つきで見ないでほしい。

「……そういう言い方すると泣くぞ。さっき新藤さんにも説教されたばかりなんだから。ただでさえ落ち込んでるのに、もう泣きっ面に蜂だよ」

「何があって落ち込んでいたんだ？　俺に話してみろよ」

「話してやってもいいけど、あっち向け。顔見られたら、愚痴なんて言えねぇだろ」

クジラは「どうしてそんなにえらそうなんだ？」とブツブツ言いながらも背中を向けた。葉鳥はクジラの背中にぺたっとくっついた。

「なんで引っつく？」

「このほうが喋りやすいから。俺、こう見えて甘えっ子なの」

何かに耐えている気配を感じた。どうも自分という人間は、普通に振る舞っていても相手に忍耐を強いてしまうようだ。でも気にしない。

「……今日、ある男を井元と一緒に捜してたんだけど、俺のミスで逃げられた。そいつ、新藤さんを逆恨みして狙っているんだ。もし新藤さんに何かあったら俺のせいだ。自分の失敗は自分でカバーしたいのに、新藤さん、その男の捜索は他の奴らに任せるって言うんだよ。そんなのひどくね？」

「俺はあんたの旦那の気持ちがよくわかるな。逃げられて責任を感じてるあんたは、必要以上にむきになって無茶する可能性が高い。要するに心配なんだよ。わかってやれよ」

わかってる。新藤の気持ちは痛いほどわかっている。だが獲物を追う猟犬は、鎖をつけられると苦しい。繋がれた犬は忠実と本能の狭間《はざま》でのたうち回り、歯が砕けようが舌が傷つこうが、邪魔な鎖を噛《か》み切りたくなる。

「……最近、俺ちょっと変なんだ。情緒不安定っていうの？　まあ、それは昔からだけど、以前は不安定なりに安定してたんだ。でもこのところは、たまに気持ちがすげぇぐらぐらして、自分がすごく弱くなったみたいな気がして落ち着かなくなる。意味もなく自信過剰でお気楽だった自分が、どこか遠くに行っちまったみたいで、なんていうか……」

「怖い？」

言葉を探しているとクジラが助け船を出してくれた。

「うん。そうだ。怖い。前はなんにも怖くなかった。新藤さんに嫌われることだけは怖かったけど、それ以外は、それこそ死ぬことさえ怖いとも思わなかった。なのに今はいろいろ考えすぎて、考えれば考えるほど、自分が脆くなっていく気がして、そしたら生きてること自体、なんか妙に怖いって感じるようになった。……俺、頭がおかしくなったのかな？」

「おかしいのは前からだから、そこは気にするな」

人が真面目に話しているのに、笑いを含んだ声で答えるものだから、腹が立って肩に噛みついてやった。

「痛い。噛むなよ。笑って悪かった。でも心配ないだろう。むしろあんた、まともになってきてるんじゃないか？　誰だって不安や恐れを抱えて生きてるのに、今までそれがなかったあんたは、どっか頭のネジがいかれてたんだよ。ネジが締まってきたのなら、それは旦那の愛のおかげだな」

クジラが冗談めかして言う。葉鳥も調子を合わせて「かもねー」と軽く答えたが、心の中では別のことを考えていた。

もちろん新藤に深く愛され、素直にその気持ちを受け入れられるようになったことで、葉鳥は変わった。いつ死んでもいいなんて思わなくなった。以前は新藤のために死にたいと本気で願っていたが、今は新藤を支えるために少しでも長く生きて、一秒でも長くそばにいたいと願っている。

だがそういった変化とは別に葉鳥の足もとをぐらぐらと揺らしているのは、恐らく葉奈の存在だ。葉奈が自分の娘とわかってから、やたらと何もかも怖いと思うようになった気がする。

何も知らない葉奈は、これまでどおりの無邪気な笑顔を見せて葉鳥を慕《した》ってくる。嬉しいはずなのに不安になる。葉奈が可愛ければ可愛いほど、その不安は大きくなっていく。自分では制御できない正体のわからない感情が、日に日に自分の内側で育っていくみたいで怖い。

「クジラ、子供ってほしい？」

「いきなりな質問だな。……子供か。そうだな。欲しいよ。俺、ガキは好きだから。結婚したら最低ふたりは欲しいな」

予想どおりの答えが返ってきたので、なんとなく笑ってしまった。クジラならきっといい父親になるだろう。

「俺は自分が死ぬ時は、この世に何も残したくないってずっと思ってきた。きれいさっぱり消え去って、それで終わり。できれば骨も残さず死にてぇなって。だから自分の子供なんてゾッとするって思ってたんだ。だけど――」

葉奈は可愛い。新藤の子供だと思っていたから溺愛《できあい》してきた。愛情を注いで接してきた。だから自分の子供だとわかっても、これまでの関係性があったおかげで、葉奈を厭《いと》わしく思ったり憎んだりすることはなかった。

だが今までの考え方は急には変えられない。それはもう身についた汚臭のようなもので、簡単には洗い流せないものらしい。自分の血を引く存在を嫌悪する気持ちと、葉奈への愛情が時々ぐちゃぐちゃに混ざり合って吐き気がする。比喩《ひゆ》ではなく本当に胃が裏返るような気持ちの悪さに襲われ、葉奈の前で嘔吐《おうと》しそうになるのだ。

葉奈が可愛いはずなのに、愛おしいと思っているのに、心の底から受け入れられない自分を見るたび、激しい自己嫌悪で自分を殴り倒したくなる。さすがにこんなことは、恥ずかしくて新藤にも相談できない。

「だけど？　だけど、なんだ？」

黙り込んでしまった葉鳥が気になったのか、クジラが続きを促した。

「いや。実際に子供ができたら、やっぱ可愛いもんなんだろうなって、最近は思えるようになってきたって話」

「ふうん。ああ、そうか。あんたの旦那、娘がいたんだよな。一緒に暮らしているなら、自分の子供みたいな気分になってくるだろ？」

何も知らないクジラが軽い口調で言う。

「ああ。そうだな。自分の子供みたいで可愛いよ」

可愛い葉奈。可愛くて可愛くて、目の中に入れても痛くないほど可愛がっているのに、それなのに心の底から愛せない。それは自分の娘だから。あの小さな身体に自分の血が流れているから。どうしようもないジレンマに胸を焼かれる。

――自分を愛せるようになったら、君は自分の大事な人たちを、今以上に深く愛せるようになるんじゃないかな。

不意に瀬名の言葉を思い出した。本当にそのとおりだと思う。問題は自分と葉奈の関係性ではなく、自分の心とどう向き合うかだ。自分のことを愛せるようになったら、きっと葉奈のことも、心の底からなんのわだかまりもなく愛せるようになるに違いない。

だが葉鳥にとって、ありのままの自分を愛することは何よりも難しい。自己愛なら腐るほどあるのだが、葉鳥の自己愛は自己否定と同義語だから面倒なのだ。

「種なしだったらよかったのに」

思わず呟いたら、クジラが「なんだって?」と振り返った。

「なんでもない。種なしだったら、コンドームなしでやりまくれるのになって、ちょっと思っただけ」

「……あんたゲイなのに変なこと考えるな」

「ゲイはゲイなりに、いろいろ大変なんだよ。もう寝よ。話、聞いてくれてありがと。ちょっと落ち着いた」

クジラは「ならよかった」と答え、布団を肩先まで引っ張り上げた。クジラが寝ついてから、葉鳥は布団の中でこっそり携帯を操作した。

写真のフォルダの中には葉奈の写真がたくさん入っている。それらを一枚一枚眺めていると、こんな愛らしい少女に複雑な気持ちを抱く自分が、ますます憎たらしくなってきた。

自分は大人にもなれないし親にもなれないし、本当にどうしようもない男だ。だが新藤を愛しているし、葉奈も愛している。その気持ちにこれっぽっちも偽りはない。

目を閉じると葉奈を抱き上げる新藤の姿が浮かんできた。新藤の優しい微笑み。白いワイシャツの背中。光を浴びて光る葉奈の柔らかな髪。小さな前歯。長い睫《まつげ》。細い手足。

幸せな光景を思い浮かべながら、葉鳥は心の中でふたりに謝った。

上手に愛せなくてごめん。上手に愛されなくてごめん。

でも愛してる。ふたりを本当に愛してるんだ——。

6

「葉奈《はな》。パパに行ってらっしゃいのキスは？」

葉鳥《はとり》が促しても、葉奈は床に座って動かない。拗《す》ねたように腕に抱えた人形の髪を、ひたすらブラシで梳《と》かしている。

「葉奈ちゃん。パパ、もう行っちゃうよ？」

瑤子《ようこ》が優しく声をかけても、葉奈はぷんぷんと顔を左右に振るばかりだった。

「葉奈。パパは今日お泊まりで帰ってこれないんだよ。笑顔でお見送りしなくちゃ駄目だって」

ドアの前に立って様子を見守っていた新藤《しんどう》が、「忍《しのぶ》、もういい」と苦笑を浮かべた。

「葉奈が怒るのも当然だ。約束を破ったのは俺だからな。……葉奈、行ってくるよ」

葉奈は新藤に背中を向けたまま、人形をギュッと抱き締めた。新藤は名残惜《なごりお》しそうに葉奈の後ろ姿を優しく見つめてから廊下に出た。葉鳥も後ろに続いた。

「すっかり拗ねちゃったね。葉奈があんなに意地を張るのも珍しくない？」

「それだけ楽しみにしていたんだろう。悪いことをしたな」

母屋《おもや》に続く渡り廊下を歩きながら、新藤が小さな溜《た》め息《いき》を落とす。新藤はこれから広島《ひろしま》に向かうのだ。昨夜遅く、新藤の母方の叔父が心不全で息を引き取り、今日の夜には通夜が営まれることになった。そのため急遽《きゅうきょ》、新藤の広島行きが決定したのだが、あまりにもタイミングが悪かった。

今日は葉奈の四歳の誕生日で、本当なら昼間は遊園地に行き、夜はレストランで食事をする予定になっていたのだ。滅多に新藤と外出できない葉奈は、今日の予定をずっと楽しみにして、まだ行ってもいないのに遊園地で遊ぶ新藤と自分と葉鳥の姿を絵に描き、それを壁に貼ってはニコニコと眺めて過ごすほど心待ちにしていた。

なのに急な不幸ごとで、新藤は遊園地にもレストランにも行けなくなってしまった。一応、新藤抜きで行くかと尋ねてみたが、葉奈は「パパが行かないなら葉奈も行かないっ」と答え、顔を真っ赤にしてワーワー泣きだし、すっかりへそを曲げてしまった。

「河野《かわの》が予定を調整してくれたから、来週の木曜日なら遊園地に行けるんだがな」

「そう。じゃあ葉奈にもそう言っておく。……ねえ、稗田《ひえだ》の居場所はわかった？」

クジラの部屋に泊まった日から、三日が過ぎている。新藤は何も言ってくれないので、進捗《しんちょく》状況がまったくわからず気になっていた。

「まだだが、お前は気にしなくていい。それより俺のいない間、葉奈を頼んだぞ」

「うん。それは任せて」

話しているうちに玄関に着いてしまった。見送りのために並んで立っている若い衆の向こうには、新藤に同行する黒崎《くろさき》と数名の男たちが、すでに玄関の前で待機していた。品川《しながわ》駅から新幹線での移動になるので全員が地味なスーツ姿だが、やはり一般人にはない迫力があり、集団になればなるほど目立ってしまう。

「クロちゃん。新藤さんのことしっかり守ってね」

サングラスをかけた黒崎は「はい」と丁寧《ていねい》に頭を下げ、車寄せの前に止まったベンツのドアを開けた。新藤が後部シートに静かに乗り込んでいく。新藤の乗車の仕方はいつ見てもスマートでセクシーだ。葉鳥がうっとり見とれていると、ウインドウが音もなく下がり、新藤が目で葉鳥を呼んだ。

駆け寄って「何?」と顔を近づけたら、手が伸びてきて顎《あご》を摑《つか》まれた。新藤が人目のある場所で葉鳥に触れるのは珍しい。

「ど、どうしたの?」

「……お前を置いて出かけたくない。どうしてかわからんが、今、急にそう思った」

これも珍しい。新藤は気分でものを言う男ではないからだ。

「変なの。たった一晩でしょ？　明日の夜には帰ってくるのに」

「そうだな。行ってくる。……出してくれ」

葉鳥が離れるとベンツは静かに動きだした。新藤が変なことを言うものだから、葉鳥まで妙にセンチな気分になってきた。離れがたい気持ちが湧《わ》き起こり、胸がギュッと痛くなる。

ベンツを見送ってから離《はな》れ家《や》に戻ると、瑤子がお茶を淹《い》れて待っていた。

「葉奈は？」

「怒り疲れたのか、急に寝ちゃいました。ああいうの、ふて寝って言うのかしら」

クスクス笑う瑤子を見ながら、そういうとこ、もしかして俺に似ちゃったのかな、と複雑な気持ちになった。

「遊園地とレストランは、来週の木曜日に仕切り直しだって。誕生日、ちょっと遅れちゃうけど、しょうがないよね」

「葉奈ちゃん、中止だと思ってるから喜ぶと思います」

瑤子が出してくれたお茶を飲みながら、葉鳥はテーブルの上に置かれた封筒に手を伸ばした。幼稚園の名前が印刷された封筒だった。

「これは？」

「幼稚園の願書です。新藤さんの指示で、葉奈ちゃんが入る幼稚園はここに決まりました。なんでも園長先生と先代が旧知の仲らしく、葉奈ちゃんの入園にも好意的だそうですよ」

逆に言えば、普通の幼稚園はヤクザの娘の入園には好意的ではないということだ。当たり前の話だろうが、葉奈が誰かに拒否されるという現実はできれば見たくない。

「どうやって通うの？　幼稚園のバス？」

「本当はそのほうがいいんでしょうけど、新藤さんが心配されているので、おそらく車で若い衆が送迎することになるかと……。もちろん私も同行しますけど」

想像すると嫌な気分になってきた。幼稚園だけでは終わらないだろう。小学校も中学校も、下手すれば高校だって送迎つきだ。葉奈は嫌がっても安全の確保のためには致し方ない。葉奈もそのうち気づく。どうして自分は他のみんなのように、ひとりで出歩けないのだろう。いつも誰かがそばについているのだろう。おかしい。変だ。

そして同じように周囲も気づくのだ。あの子の家って変だよね。いつも怖そうな男の人たちに囲まれて。親がヤクザらしいよ。嘘《うそ》、怖ーい。つき合わないほうがいいよね。

葉奈のこれからが容易に想像がつく。今から可哀想で心配になってくるが、新藤の娘である以上、それらは避けて通れない道なのだ。

唐突に美津香《みづか》のことを思い出した。葉奈の母親の美津香は大物極道を親に持ち、生まれた時からヤクザに囲まれて育った女だ。美津香も成長の過程で親が暴力団のトップであるという現実に、苦しんだり悩んだりしたのだろうか。もし美津香が生きていたなら、同じ境遇の娘をどういうふうに見守っただろう。

「――ですか？　忍さん」

瑤子に名前を呼ばれ、葉鳥は我に返った。

「ごめん。ちょっと考え事してた。何？」

瑤子は気を悪くした様子もなく、「葉奈ちゃんが起きたら、公園に連れていってあげようと思うんです」と目を細めた。

「公園？　どこの？」

「家の前の道路を西向きに直進すると総合病院がありますよね。あの裏手に大きな公園があるんです。ちょっと古いけど遊具もいろいろあって、最近の葉奈ちゃんのお気に入りの場所なんですよ。あそこでいっぱい遊んだら、ご機嫌も直るんじゃないかしら」

「いいね。じゃあ連れていってあげてよ。あ、だったら俺も一緒に行こうかな」

「ぜひそうしてください。忍さんが一緒なら、きっと大喜びします」

葉奈が起きたら声をかけてくれと頼み、葉鳥は母屋に足を向けた。行き先は河野《かわの》の部屋だ。ドアをノックするとワイシャツ姿の河野が出てきた。珍しく髪はぼさぼさでシャツも皺《しわ》だらけだ。眼鏡《めがね》もかけていない。

「あれ。もしかしたら寝てた？　昼寝なんて珍しいね」

河野はばつが悪そうに「朝方に帰ってきたもので」と言い訳した。

「ふうん。あ、まさか女のところ？　カワッチも隅に置けないな。ヒューヒュー」

「仕事です。何かご用ですか」

「用ってほどのことじゃないんだけど、ちょっと聞きたいことがあって」

河野は表情を変えずに「稗田の件ですか」と逆に聞き返した。

「稗田のことでしたら何もお答えできません」

「そう言うと思った。ま、いいや。ね、中に入ってもいい？」

河野はあまり気が進まなさそうだったが、「どうぞ」とドアを開けて葉鳥を自室に招き入れた。河野の部屋には初めて入る。

大部屋で寝起きしている若い連中とは違い、河野クラスになると部屋もそれなりに立派だった。続きの二間で一部屋が寝室、もう一部屋が書斎兼仕事部屋になっている。きっちりした性格そのままに、すべてが恐ろしく片づいていた。

「あれ。このサングラス、クロちゃんのじゃない？」

大きなデスクの上にぽつんと置かれた黒いサングラスは、黒崎がいつもかけているものだ。

「忘れていったんですよ。あいつ、同じようなサングラスを何本も持ってますから」

「ふうん。クロちゃんってさ、カワッチのことすごく好きだよね」

「……何が言いたいんですか?」

河野のこめかみがピクリと動いた。

「やだな、他意はないよ。ホント、カワッチとクロちゃんができてるなんて、これっぽっちも言ってないし。だからそんな怖い顔しないでよ」

葉鳥は喋《しゃべ》りながらデスクの上に腰を下ろした。河野はこの手のジョークが嫌いだ。だから余計に言ってやりたくなるのだが、真面目な人間はあまりからかいすぎてはいけない。切れるポイントが読めないからだ。

「ねー。稗田のことだけど、わかったことがあるなら教えてよ」

「教えられません。新藤さんのご命令です」

「知ってる。でも俺、知りたいのよ。知りたくて知りたくて、頭変になりそうでマジ困ってるんだ。お願いだから稗田のこと、なんでもいいから教えて。このとおり」

両手を合わせて拝《おが》んだが、河野は黙っている。

「教えたら、俺が稗田を捜しに飛び出していくと思ってるんでしょ? それはないって。俺だって新藤さんに釘刺されてるからね。命令に背いたら別れるって言われたんだよ? そこまで言われたら、いくらアホの俺でも動けないって。だから俺を信用してよ。俺は純粋に稗田のことが知りたいだけなんだ。本当にそれだけ。絶対に何もしない」

　河野の疑うような視線を、真正面から瞬きもせず受け止める。後ろ暗いことは何ひとつない。本当に葉鳥は知りたいだけなのだ。稗田という男のすべてを知っておきたい。なぜかわからないが、ある種の強迫観念のようにそう思い、知りたいという衝動が抑えきれない。もちろん本当はこの手で稗田を捕まえて、それなりに制裁を加えてやりたいが、新藤が駄目だと言うなら従うしかない。だから河野に言った言葉はすべて真実だ。嘘もフェイクもない。

　先に視線をそらしたのは河野のほうだった。いつも礼儀正しい河野が珍しく億劫《おっくう》そうな態度で、デスクの椅子《いす》にドサッと腰を下ろした。河野の憮然とした顔には、ただでさえ疲れているのに余計に疲れさせやがって、という文句が見て取れる。

「ったく、私もなんだかんだ言って、忍さんには甘い男ですね」

　自嘲気味に言い捨て、河野はデスクの引き出しから紐《ひも》つきの茶封筒を取り出した。

「居場所は本当にまだ摑めていません。これはうちの息がかかった探偵社に調べさせた、稗田に関する個人情報です」

「サンキュー、カワッチ。愛してる」

　葉鳥はデスクの上に封筒の中身を並べた。調査報告書には稗田の本籍地から始まり、生まれ育った場所や通った学校、非行歴など、ありとあらゆる情報が書き込まれていた。数枚の写真の中には稗田の学生時代や最近のものなどに混ざって、どこから入手してきたのか赤ん坊の頃の写真まであった。

「こんなのまでよく探してきたね。これが稗田の母親？」

生まれたばかりの赤ん坊を胸に抱いているのは、まだあどけなさが残る少女だった。はち切れそうな二の腕に若さを感じる。ふっくらした頰《ほお》と細い目。稗田とはあまり似たところがない。稗田は父親似らしい。

「ええ。未婚で産んでいて、父親の名前はわかりませんでした。稗田を出産した時、母親はまだ十代で生活能力がなく、生まれてすぐに稗田を施設に預けたようです。その後、知り合った男と結婚し、稗田が四歳の時に施設から引き取っています。……稗田にとっては、施設にいたほうが幸せだったかもしれませんが」

河野の口調にはわずかに苦いものが混じっていた。

「虐待《ぎゃくたい》か。やったのは母親？　それとも母親の男？」

「男です。博打《ばくち》に明け暮れて借金をこさえては家の金を持ち出すような、どうしようもない男だったようです。酒乱の気《け》もあって、飲むと母親にも稗田にも手を上げていたって話です。稗田が中学の時に、男はマンションのベランダから転落死してます。この件について、稗田は大人になってから自分が突き飛ばして殺したと、親しい人間に話していたそうです」

あり得ない話ではないが、中学生が転落死に見せかけて父親を殺したとなると、必ずどこかでボロが出る。それを見逃すほど警察も間抜けではないはずだ。

「稗田の誇大妄想《こだいもうそう》の可能性は？」

「否定はできませんね。子供の頃から虚言癖《きょげんへき》があったそうですから」

知れば知るほど気の滅入る男だ。だが同情はしない。葉鳥だって似たような人生だ。ろくでもない母親に育てられ、散々ひどい目に遭ってきた。自分で言うのもなんだが、よく五体満足で生き延びられたと思うほど、劣悪な家庭環境だった。

「母親は今どうしているんだ？」

「夫が死んですぐ他の男と蒸発してしまい、今は行方がわかりません。稗田は福祉施設に入りましたが、高校中退と同時に施設も飛び出していったそうです」

本気で気持ち悪くなってきた。つくづく自分と被《かぶ》る部分が多い。葉鳥の母親も男と消えてしまい、今はどこで何をしているのかわからない。どうしようもない女だったが、見てくれだけは悪くなかったので、今も男をたぶらかして適当に生きているだろう。

「会長を狙《ねら》っているなら都内に潜伏しているはずです。必ず居場所を突き止めて見せますから、忍さんはもうこの件にタッチしないでください」

「わかってるよ。大人しくしてる。ここのところ、ずっと家にいるだろう？　今日だってあとで葉奈と公園に行って遊ぶんだから。よかったらカワッチも一緒に遊ぶ?」

河野は「遠慮します」と答え、稗田に関する資料を封筒に戻した。

「ねえ。聞いてもいい?　カワッチはいつから知ってたの。俺と葉奈のこと」

封筒を引き出しに入れながら、「最初からです」と河野は抑揚のない声で答えた。

「最初って、葉奈が生まれた時ってこと?」

「いえ。美津香さんがご懐妊された時からです」

初めて明かされた事実に唖然《あぜん》とした。まさか葉奈が生まれてくる前から、河野が何もかも知っていたとは予想もしなかった。

「カワッチ、それずるいよ。知ってるそぶり、全然見せなかったじゃん」

「会長のご命令でしたので。……会長は生涯子供を持たないつもりでしたが、美津香さんにお腹の子は忍さんの子供だと明かされ、出産を許されました。その時、私にこう仰《おつしや》ったんです。――忍に事実を話す気はないが、忍が俺の大事な子供の父親だという事実を、お前は一瞬たりとも忘れるな、と」

「え……」

言葉を失った。新藤はそんな頃から河野に対し、葉鳥はただの愛人ではないという姿勢をはっきり示していたのだ。なのに葉鳥はしょせんいつ捨てられるかわからない愛人だと、いつも自分を見下げてきた。どれだけ人の心を見抜けない馬鹿な男なんだと、地の果てまで落ち込みそうになった。

「……新藤さんはずっと秘密にしておくつもりだったんでしょ？　どうして急に俺に打ち明けてくれたのかな。理由、聞いてる？」

「いえ、特には。ですが想像はつきます。会長は忍さんのことを思って話されたんです。忍さんはあれほど会長に大事にされているのに、役に立たない自分に存在価値はないと頑《かたく》なに思い込んでおられました。そんな忍さんの考え方を変えるために、恋愛感情以外の確かな絆《きずな》があることを伝え、安心を与えてやりたかったんだと思います。……ですが、あまり成功したとは言えないようですね。何を悩んでいらっしゃるんですか？」

河野の観察眼はいつだって正しい。誤魔化《ごまか》す元気もないので、「なんだろうねぇ」と大きな溜め息をついた。

「自分が嫌なだけかも。葉奈の父親なのに、俺って全然大人になれねぇし。もう二十四にもなるのに、いつまでたってもガキで嫌になる。俺ってカワッチと出会った頃から全然進歩してないよね？」

「そんなことはありませんよ」

「本当に？　じゃあ教えてよ。どういうところが成長した？」

河野はしばらく黙り込み、「その答えはまた今度」と体《てい》よく逃げた。

「なんだよそれ。結局、いいとこなしかよ。どうせ――」

葉鳥の文句を遮《さえぎ》るように、ジーンズのポケットで携帯が鳴った。着信を確認したら見たことのない携帯の番号が表示されていた。誰だろうと怪訝《けげん》に思いながら電話に出た。

「よう。オカマちゃん。張り切ってケツ振ってるか？」

「……稗田か」

葉鳥の言葉を聞き、河野の身体に緊張が走った。

「お前の大事なホモ野郎、新幹線に乗ってどこに行くのかなぁ。俺も暇だし追っかけて行っちゃおうかな」

血の気が引いた。電話の向こうでアナウンスの声や発車音のようなものが聞こえる。稗田は本当に新幹線のホームにいるようだ。

「新藤さんに何かしてみろ。俺はお前を殺す。逃げたって地の果てまで追いかけて殺してやる。俺だけじゃねぇ。東誠会《とうせいかい》もお前を血眼《ちまなこ》になって追い続けるぞ」

「勝手にすればいいさ。俺は自分のやりたいようにやる。新藤を殺ったら次はお前だ。覚悟して待ってろ」

電話は切れた。葉鳥は「クソっ」と吐き捨て、携帯を耳から離した。

「稗田は何を言ってきたんです？」

「あいつ、新藤さんを尾行してやがる。新幹線のホームから電話してきやがった。新藤さんにすぐ知らせないとっ」

すぐさま新藤の携帯に電話をかけたが、なかなか出てくれない。焦燥感に襲われながら聞く呼び出し音ほど嫌なものはない。早く出てくれと何度も念じ、ようやく新藤の声が聞こえた時は「なんでもっと早く出ないんだよ！」と怒鳴りそうになった。

「忍か。どうした？」

落ち着き払った新藤の声を聞いて力が抜けそうになった。今どこにいるのかと尋ねると、新藤は新幹線の座席に座ったところだと答えた。

「ついさっき、稗田から電話がかかってきたんだ。あいつ、新藤さんを尾行してた。ねえ、広島行きは中止にできない？　新横浜《しんよこはま》で降りてよ。このまま行くのは危険すぎる」

「……稗田がこの新幹線に乗り込んでいるというのか？」

「それはわからない。でも新幹線のホームにいるみたいだった。お願いだから次で降りて帰ってきて……っ。あいつチャカ持ってるかもしれない。俺、新藤さんに何かあったら――」

「失礼」

葉鳥の興奮にブレーキをかけるように、河野が携帯を奪い取った。

「河野です。……ええ、わかっています。……はい。……そうですね」

河野が淡々とした態度で新藤と何か話し合っている。葉鳥はそうこうしている間にも、稗田が新藤を襲撃するのではないかと不安で、いても立ってもいられない気分だった。

「わかりました。では、お気をつけて」

河野が電話を切ってしまった。葉鳥は「新藤さん、なんて？　帰ってくるって？」と尋ね、河野の手から携帯を奪い返した。

「いえ、予定は変更されないそうです。このまま広島に向かわれます」

「どうしてっ？　稗田が乗ってるかもしれないのにっ」

「落ち着いて、よく考えてください。本気で襲う気なら、事前にわざわざ教えたりしないでしょう。警戒されては元も子もない。それに新幹線の中で襲えば逃げ場もない。おそらくはったりです。稗田は同じ新幹線には乗ってません。あなたを脅して面白がっているんですよ」

河野の言葉には一理ある。普段の葉鳥なら同じことを考えただろう。だが今は新藤を心配する気持ちが暴走して、すんなり受け入れられなかった。

「でも百パーセント安全じゃない。万が一ってこともあるだろう？」

「わかってます。黒崎や護衛の人間は全員が稗田の顔を頭に叩き込んでいますから、すぐに手分けして稗田が乗車していないか確認するはずです」

もう一度新藤に電話して無事の声を聞きたいと思ったが、その衝動を必死で抑えつけた。だが携帯を摑む手が小刻みに震えてしまう。

「……本当にあなたって人は、会長のことになるといつも冷静さをなくしますね。普段は腹が立つほどふてぶてしいのに」

河野が苦笑混じりに言う。葉鳥は携帯をジーンズのポケットに押し込み、「駄目だよね」と乾いた笑いを浮かべた。

「惚《ほ》れてるっていうより、こんなんじゃ依存だよ。わかってるけど治りそうもない」

「いいんじゃないですか。会長も似たようなものです。大人だから態度に出さないだけで、中身は忍さんと大差ないですよ。……今のは内緒にしておいてください」

失言とばかりに河野は表情を引き締めた。

「葉奈ちゃん。今日は忍さんも一緒でいいね」

瑤子の言葉に葉奈は「うん」と明るく頷《うなず》いた。砂場にしゃがみ込んで、バケツにひたすら砂を詰めている。何が楽しいのかわからないが、近くで他の子供たちも同じように砂を入れては出しを繰り返していた。

もう夕方なので砂場に残っているのは、葉奈とふたりの男の子だけだった。男の子の母親ふたりはお喋りに夢中で、子供には見向きもしない。

昼寝から目が覚めたあとも葉奈の機嫌は悪いままで、しばらくはやけくそのように絵を描き散らかしていた。何度も公園に行こうと声をかけ、ようやく頷いてくれたのは四時近くになってからだった。

瑤子はこんな時間から行ってもすぐ日暮れだし、十分に遊べなくてまた機嫌が悪くなるのではないかと心配したが、せっかく行く気になったのだから連れて行ってあげようと葉鳥が押し切った。

比較的まともな外見をした若い衆を、ひとりだけ護衛につけて家を出た。清水《しみず》という二十歳の青年で、今はベンチに腰を下ろして不審に思われない程度に周囲を見回している。葉鳥が離れていろと命令したのだ。ひとりの子供に対し、大人が三人がかりで遊んでいるのは少し変だ。

「忍ちゃん、ケーキできたよ」

葉奈がハート型に整えた土の塊《かたまり》を嬉《うれ》しそうに指さした。上に載った小さな石ころは、もしかしてイチゴのつもりだろうか。

「お。上手にできたな。うまそうじゃん」

「うんっ。食べてもいいよ」

葉奈のおままごと遊びには慣れている。葉鳥は小さなスコップをフォークに見立てて、端っこのほうをすくい上げ、口に運んで食べるふりをした。

「んーうまいっ。葉奈、天才。大きくなったらケーキ屋さんになれるな」

「なりたい！　ケーキ屋さんになりたいっ」

無邪気《むじゃき》に笑う葉奈の笑顔を見ていると切なくなった。これから社会に出ていく葉奈の将来を考えると、どうしても可哀想になる。

これまでも葉奈を可愛く思ってきたが、責任はなかったので葉奈の成長もどこか他人事《ひとごと》だった。だが父親の視線が加わったせいか、最近は葉奈の行く末が心配でたまらない。新藤が葉奈を思う気持ちも、本当の意味で初めて理解できた気がする。

やっぱり真実なんて、知らなければよかったのかもしれない。知らないほうが葉奈に無責任に優しくできたし、複雑な感情も抱かずにすんだ。

――親って面倒くせぇな。

投げやりな気持ちでそう思った。みんな親なんて面倒なもの、よく毎日やってられる。葉鳥はまだ新藤に全部任せっきりで、親らしいことは何もしていないが、気持ちの上だけでも大変で嫌になる。

葉鳥は常識にとらわれず、奔放《ほんぽう》に生きてきた自分が好きだった。だから世の中の決まり事に縛られて、つまらなそうな顔でつまらない人生を生きる大人たちを馬鹿にもしてきた。

だから変化しつつある自分に戸惑《とまど》い、こんなにも嫌気が差すのかもしれない。親になることと、つまらない大人の仲間入りをイコールと感じるのは、間違った認識なのだろうか。だが大人にならずして人の親にはなれないと思う。

「……あ。ごめん、瑤子さん。新藤さんから電話がかかってきた」

「ええ、どうぞ。私が見てますから」

葉鳥は電話に出ながら砂場を離れた。清水も見ているし、少しだけなら大丈夫だろう。葉鳥は木立の中に足を向けた。

「新藤さん？　今どこ？」

「さっき広島に着いて、今はタクシーで移動中だ」

その言葉を聞いて心底ホッとした。何事もなく広島に着いたのだ。

「よかった。変なことは起きなかった？」

「ああ。何も起きていない。葉奈はどうしてる？」

公園に連れてきて遊ばせていると伝えると、なぜか電話の向こうで新藤が笑った。

「俺よりいい父親だな。俺は葉奈を公園に連れていったことがない。いつも瑤子さん任せだ」

「しょうがないよ。新藤さんには強面《こわもて》のガラの悪い男たちが、金魚の糞みたいにくっついてくるんだもん。公園になんて行けないでしょ」

「まあ、そうだが、たまには普通の父親らしいこともしてやりたいな」

新藤も葉奈と公園に行きたいのかな、と思った。葉奈とふたりきりで、どこにでもいる平凡な親子のように、公園でのんびり遊ぶ。そんな簡単なことも、新藤には叶《かな》わないのだ。

「葉奈の機嫌は直ったか？」

「うん。もうすっかりね」

木々の向こうに葉奈が見える。その様子を眺めながら「楽しそうに砂場で遊んでるよ」と教えてやった。

「そうか。ならよかった。……忍。ありがとう」

不意打ちだった。いきなりの言葉に息が止まりそうになった。

「な、何、急に……？」

「お前にはいつも感謝しているのに、考えてみればその気持ちを言葉にして伝えていなかったと思ってな。ありがとう、忍。これからも俺と葉奈のそばにいてくれ」

ずるい。そんなこと言われたら泣いてしまう。無事に広島へ着いたと知らされ、ただでさえ気が緩《ゆる》んでいるのに、そこにありがとうなんて言われたら、もう涙腺《るいせん》決壊だ。

「も、もう、そういうこと言うの、やめてよ……。ここ、公園だよ？　公園でメソメソ泣いてたら、変な奴だって思われるじゃん」

言いながら涙があふれてくる。葉鳥は鼻水を啜《すす》りながら、「切るからね」と言った。

「そういう言葉はさ、帰ってきてからベッドの中で言ってくれなきゃ駄目だよ。電話で済まそうなんて手抜きだよ」

「そうだな。確かにお前の言うとおりだ。また電話する」

電話が切れても、しばらくはその場から動けなかった。簡単な男だな、とつくづく思う。新藤のたったひとことで、あれやこれやの悩みや憂鬱《ゆううつ》がいっぺんに吹き飛んだ気がする。やっぱり自分は新藤さえいてくれたら、それでもう十分に幸せなのだと再認識した。

涙が引いたので砂場に戻ることにした。幸せの余韻《よいん》に包まれているので足取りまで軽くなる。もうかなり暗くなってきた。葉奈が嫌がっても帰らないといけない時刻だ。

「あ、お兄ちゃんだ。バイバイ。また遊んでね」

砂場で遊んでいた男の子たちとすれ違った。少し相手をしてやったので懐《なつ》かれてしまった。

「バイバイ。またな」

母親ふたりも「さようなら」と挨拶《あいさつ》してきたので、葉鳥は人懐っこい笑みを浮かべて「さようならー」と言い返した。

「本当に若いパパねぇ」

母親のひとりが感心したように言うので、少し考えてから「兄です」と答えた。

「あら、そうなの。じゃあ一緒にいた女の人は？」

瑶子はまだ三十歳だ。いくらなんでも葉鳥の母親には見えないだろう。

「あれは義理の母です。親父と再婚した人なんですよ」

「そうなの。あなたも大変ねぇ。でも偉いわよ。小さな妹さんをあんなに可愛がって、後妻さんとも仲良くできるなんて」

葉鳥は「ありがとうございます」と好青年らしく見えるようにはにかんだ笑みを浮かべ、二組の親子と別れた。公園でのママ友とのおつき合いも、なかなか大変よねぇ、とオネエ口調で考えながら砂場に戻ってくると、清水が葉鳥の代わりに葉奈と遊んでいた。

葉奈が急に立ち上がって「おしっこ」と言いだした。

「瑶子ママ、おしっこ、出ちゃう」

「あらあら大変。あそこにトイレがあるから行きましょう。忍さん、待っててくださいね」

トイレまでかなり距離がある。瑶子は慌て気味に葉奈の手を引いて歩きだした。

「清水、一緒に行ってくれ。俺は葉奈のおもちゃを片づけておくから」

「はい。わかりました」

清水がすぐにふたりのあとを追っていく。ひとり残った葉鳥は砂の上に散乱したおもちゃを拾った。スコップ、熊手、型抜き。ひとつひとつバケツの中に放り込んで、最後に周囲を見渡す。すっかり暗くなってしまったので見えにくいが、忘れ物はないようだ。

じっと待っているのも退屈なので、葉鳥はバケツを持ってトイレのほうに歩きだした。薄暗い公園の中を進んでいくと、木立の向こうにトイレが見えてきた。歩道は大きくカーブしているので、トイレの屋根しか見えない。

鼻歌交じりに歩いていたら、絹を引き裂くような甲高《かんだか》い声が聞こえた。

「……っ」

瞬時に瑤子の叫び声だと気づいた葉鳥は、バケツを放り投げて駆けだした。

トイレの入り口の前に清水が倒れていた。意識を失っているのかぴくりともしない。外灯の光を受けて、清水の後頭部はぬらぬらと光っていた。背後から頭を殴られたのだろう。ひどく出血している。

「瑤子さんっ」

すぐそばに瑤子も倒れていたが、こっちは意識があった。必死で起き上がろうともがいているが、思うように力が入らないでいる。葉鳥は瑤子の身体を抱え起こした。

額《ひたい》を殴られている。皮膚が裂けて血が流れ、赤い筋が顔にいくつもできていた。

「瑤子さん、大丈夫か？　葉奈はっ？　葉奈はどこにいるんだっ！」

「……男がいきなり、襲ってきて……、すみません、葉奈ちゃんが、葉奈ちゃんが……」

朦朧《もうろう》としながらも瑤子はそれだけを口にし、葉鳥が来たのとは別の歩道を指さした。

「葉奈をさらった男は、こっちに逃げたんだな。わかった」

瑤子をその場に横たえ、葉鳥は猛ダッシュで地面を蹴《け》った。視線の先に人がいた。何かを抱えて走っている。あいつだ。あの男がそうだ。

怒りを瞬発力に変え、葉鳥は全速力で駆けた。向こうは子供を抱えて走っているので、スピードが違う。見る見るうちに追いついた。だが無理矢理に飛びついたら、葉奈を落とされてしまうかもしれない。

「待てっ、待ちやがれ……！」

男の服を摑んだ。帽子を被りマスクをした男は逃げようとはせずに立ち止まり、何を思ったのか葉奈を地面に下ろした。横たわった葉奈はぐったりしている。意識がないようだ。

「その子に何をしたっ。稗田！」

稗田は葉鳥を見て「まだ何もしてねぇよ」と笑い、黒いヤッケのポケットに手を入れた。やばいと思った時には遅かった。ポケットから手を引き抜くなり、稗田は何かを噴射してきた。

用心して一メートル以上は距離を取っていたが、駄目だった。顔を背《そむ》けても息を止めても効果はなく、空気中に散乱した催涙スプレーの成分は、瞬く間に葉鳥を容赦なく襲った。顔の皮膚といわず喉《のど》の粘膜といわず、どこもかしこも焼かれたようにヒリヒリと痛む。目は激痛で開けていられなくなり、咳《せき》が止まらなくなった。

「いいざまだな、オカマ野郎っ」

稗田の蹴りが腿《もも》に飛んできた。衝撃で膝《ひざ》が折れる。葉鳥は手を地面につき激しくむせた。

「もっと苦しめ。泣きながら俺に許しを請《こ》えよっ」

顔を蹴られた。腹にも背中にも蹴りが飛んでくる。葉鳥は痛みに耐え、激しく咳き込みながら、葉奈のいるほうへと這った。目をちゃんと開けられないので、手探りで葉奈を捜す。

葉奈だけは守らなければ——。その一心だった。しかし稗田はそんな葉鳥をあざ笑うかのように、悠々と葉奈を抱き上げた。

葉鳥は痛む目を必死でこじ開け、葉奈の姿を見ようとした。

「葉奈を返せ。お前が憎いのは新藤さんだろう？　どうして葉奈に手を出す」

「新藤はこのガキを溺愛《できあい》しているそうじゃないか。俺に大事な娘を攫《さら》われて苦しめばいい。そうすりゃ、自分のしたことを少しは後悔するだろう。自分の間違った判断のせいで娘が恐ろしい目に遭うんだ。これが本当の自業自得《じごうじとく》ってやつだよな？」

稗田の声には勝ち誇った響きがあった。そういうことかと葉鳥は臍《ほぞ》を嚙んだ。これは意趣返しだ。自分の所行のせいで磯崎《いそざき》が破門されたのに、稗田は新藤を逆恨《さかうら》みしていた。だから葉鳥

はそんなものは自業自得だと言ってやった。

葉鳥のあの言葉が稗田を刺激し、こんな事態になってしまった。すべて自分のせいだ。

「お前に、親の愛情がどんなものかわかるのか?」

なんでもよかった。何でもいいから話を続けて稗田を引き留め、視界がまともになるまで時間稼ぎがしたかった。

「ろくでもない親に育てられたんだろ。お前を殴る蹴るする最低の男から、母親はお前を守ってくれたのか? お前がそんな可哀想な人間になっちまったのは、全部母親のせい——」

「うるせぇっ。あんなクソババアでも親は親だ。いつもぐちぐち言いやがってむかつく女だが、他人のお前にとやかく言われる筋合いはねぇ」

「何、あれ? 喧嘩じゃない?」

離れた場所で女性の声がした。

「やだ、怖い。警察呼ぶ?」

「ねえ、子供もいるわよ」

複数の中年女性が近づいてきている。稗田は舌打ちして「俺からの連絡を待ってろ」と早口に告げた。

「俺が指定する場所に、お前ひとりで来い。お前以外の人間が来たら、その場でこのガキは殺す。生きて返してほしかったら、必ずお前ひとりで来るんだ。いいな?」

稗田は葉奈を抱いて走り去った。葉鳥はふらふらになりながら追いかけたが、ろくに前も見られない状態で追いつけるはずもなかった。

「ちょっと、あなた大丈夫?　警察を呼んであげようか?」

ウォーキングの最中らしき中年女性が話しかけてきた。四人ほどいる。

「何されたの?　逃げたの誰?　子供、連れてたわよね」

「うるせぇ、ババァ!　引っ込んでろっ」

葉鳥が叫ぶと女性たちは「キャッ」と怯《おび》え、慌《あわ》てて立ち去っていった。

稗田の追跡を断念して、葉鳥は近くの水飲み場に向かった。水道の冷たい水で顔についた催涙スプレーを洗い流し、頭からもザブザブと水を被る。痛いほど冷たい水なのに、寒さはまったく感じなかった。

怒りで全身が燃えている。頭の中が爆発しそうだ。

「くそ、くそ、くそぉ……っ!」

暗闇が落ちた公園の片隅で、葉鳥はずぶ濡れになりながら自分の腿を何度も殴った。

7

シャワーを浴びた葉鳥は、ボクサーブリーフ姿でキッチンに立っていた。目の前にはぐつぐつと煮えた鍋がある。中身はインスタントラーメンだ。

「そうか、わかった。……忍さん。清水も瑤子さんも、命に別状はないそうです」

携帯で誰かと喋っていた河野は、電話を切ると葉鳥に報告した。葉鳥は頷き、煮えたラーメンを丼に入れた。それを持ってテーブルに移動し、無言で食べ始める。

「大丈夫ですか？　痣《あざ》だらけですよ。忍さんも医者に診てもらったほうが――」

「必要ない」

動くたび蹴られた場所は悲鳴を上げているが、その痛みは今の葉鳥に必要なものだった。

「それより新藤さんはなんて言ってた。警察には届けるって？」

「……いえ。今はまだそのお考えはないようです。予定を変更して通夜にだけ参列し、明日、始発の新幹線でお戻りになられるそうです」

新藤が今、どんな気持ちで叔父の通夜に参列しているのか想像すると、胸が塞《ふさ》がれる思いがした。本当なら警察の協力を仰ぎたいだろう。だが新藤は東誠会会長として、誰よりも組織の利益や面子《メンツ》を守らなければいけない立場にある。元組員に愛娘《まなむすめ》を誘拐されるという醜聞は公にはできないし、ましてや警察に頼ったりすれば組織の威信を地に落としかねない。

「忍さん。葉奈さんを連れ去る際、稗田は身代金の受け渡し場所はあとから連絡すると言ったんですよね」

「ああ。あの野郎、どこまでも汚ねぇ野郎だ」

河野に疑われるわけにはいかないので、葉鳥は忌々《いまいま》しそうな態度を装《よそお》い吐き捨てた。河野は葉鳥の言い分を疑っていないようだったが、釈然としないのか難しい顔つきで疑問を投げかけてきた。

「会長殺害が目的のはずなのに、なぜ急に身代金目的の誘拐など企てたんでしょう?」

「さあな。アホのすることは理解できないよ。新藤さんを苦しめるついでに、金儲けもしたくなったんじゃねぇの。……それより稗田の資料、持ってきてくれた?」

河野は「ここに」と答え、テーブルの上に置いてあった茶封筒を葉鳥の前に滑らせた。中身を机に広げて熱心に眺めだした葉鳥を見て、河野は「何か気になることでも?」と尋ねた。

「別に。もう一度目を通しておきたくなっただけ」

「……忍さん。会長がお戻りになるまで、いっさいの外出を控えてください」

「新藤さんの指示?」

「ご命令です」

河野の無表情な顔を見上げ、葉鳥は「さすが新藤さん」と肩をすくめた。

「俺の性格、よくわかってる」

「どうか家の中で大人しくしていてください。稗田の行方は組を挙げて全力で捜索中です」

だが、どうせわからない。今まで無理だったのに、人員を増やしたところで結果は同じだ。

「何かわかったら知らせてよ。俺、ここで報告を待ってるから」

河野は頷いてリビングから出て行った。ひとりになった葉鳥は携帯を持ち、着信履歴に残った稗田の携帯に電話をかけた。だが電源が切れているのか繋がらない。さっきから何度かけても結果は同じだった。

今頃、葉奈がどれだけ怯えているか、想像するだけで息が止まりそうになる。苛立《いらだ》ちをぶつけるように携帯を乱暴にテーブルに置いたら、まるで不服を唱えるように携帯が鳴りだした。飛びつく勢いで着信を確認すると、待ちわびた稗田の番号だった。

「稗田か?　葉奈は無事なんだろうな?」

「ああ。お姫さまは丁重にお預かりしてるよ。これから言う場所にお前ひとりで来い」

稗田はある住所を口にした。千葉《ちば》の市川《いちかわ》だった。反射的にクジラの顔が浮かんだが、今回はあの男を頼るわけにもいかない。

「丸井《まるい》物流センターっていう看板が上がっているが、会社は潰《つぶ》れて今は廃屋になってる。倉庫の右端のシャッターから中に入れ。お前以外の人間の姿が見えたら、その場でガキを殺す。誰も来なかったとしても同じことだ」

「必ず俺ひとりで行く。だから葉奈には手を出すなよ」

稗田が声も出さずに笑った。耳に爪を立てるような陰気な笑い方だ。

「お前、必死だな。自分の子供でもないのに、どうしてそこまで真剣になれる。ガキなんて邪魔なだけだろ。いっそ死んでくれたほうが、すっきりするんじゃないか?」

「葉奈が赤ん坊の頃から一緒に暮らしてるんだ。あの子は家族同然なんだよ」

稗田が蔑《さげす》んだような声で、「ホモのくせに家族ごっこかよ」と言った。

「気持ち悪いんだよ、お前。吐き気がする。相当、頭おかしいよな」

それはお前も同じだろうと言いたかったが、余計なことを言って稗田を怒らせると、葉奈に危害が及びかねない。葉鳥は黙って稗田の暴言を聞いた。

「新藤の女房気取りでいるなら、いっそのこと性転換したらどうだ。お前、女みたいなツラしてるから、そっちのほうが似合うぜ。オカマはオカマらしくしてな」

稗田の喋る向こうで子供の泣き声がした。葉奈だ。葉鳥は必死で耳をそばだてた。泣き方ひとつでも痛くて泣いているのか、怖くて泣いているのかわかる。だが聞き分ける前に稗田の怒声が響き、さらに大きな物音がして、葉奈の声はぴたっと聞こえなくなってしまった。

「葉奈に何をしたっ？」

「何もしてねぇよ。ドアを閉めただけだ。ったくガキはこれだから面倒だ。俺の忍耐が切れる前に来いよ。ぐずぐずしてると、ガキがどうなっても知らねぇぞ」

電話は切れた。葉鳥はすぐさま寝室に向かい、クローゼットを開けてジーンズとTシャツ、それと少し考えて黒い薄手のロングコートを出して身につけた。

クローゼットの扉が鏡になっているので、閉めると自分の姿が目に入った。ひどい顔だ。口の端は切れ、頬は赤黒く腫《は》れている。汚い顔にうんざりしながら、まだ半乾きの前髪をかき上げたら、ダイヤのピアスが耳もとで小さく光った。

――本物のダイヤのほうが、よく似合う。

模造ダイヤのピアスをつけていた葉鳥に、新藤はそう言ってこのピアスをプレゼントしてくれた。手ずから耳につけてくれたあの時の感動は、今もまだ鮮明に胸に残っている。

葉鳥は迷った末、両方の耳からピアスを外した。たかがピアスなのに外してしまうと衣服をすべてはぎ取られたかのように心細くなり、背筋が小さく震えた。

手のひらに載ったふたつのピアスを、強く握りしめる。そうしていると新藤がそばにいてくれるような気がしたが、感傷に浸っている暇はない。葉鳥は名残惜《なごり》しげにピアスを手放し、ベッドサイドのテーブルに置いた。

リビングに戻って稗田の資料から一枚の写真を抜き取り、胸のポケットに入れた。離れ家には裏口から入ってこられる玄関がある。窓から様子を窺《うかが》うと、玄関の前に若い衆が立っていた。河野の指示で葉鳥が出かけないように見張っているのだろう。

葉鳥はいったん玄関で靴を履き、室内を突っ切ってリビングのテラスに出た。適当な植木鉢を持ち上げ、庭に向かって投げつける。植木鉢は派手な音を立てて砕けた。すぐさま玄関に戻ってドアを開けてみると、狙いどおり若い衆は物音に誘《おび》き寄せられ、その場から消えていた。

足音を忍ばせ裏口の木戸を開けて出た。あとは全力で駆けて大通りに出て、適当なタクシーを捕まえて飛び乗った。運転手に行き先を告げ終えた時、携帯が鳴った。見なくても誰かわかる。無視しようかと思ったが、罪悪感がないわけではないので電話に出た。

「忍さん。今すぐ戻ってください」

「ごめん、カワッチ。戻れない。行かせて」

「今すぐ引き返せば、このことは会長には黙っておきます。ですから――」

「いいよ。連絡しても。俺だって相応の覚悟はして出てきたんだ。……ごめん。こんなことになったのは俺のせいなんだ」

葉鳥は稗田を挑発した結果、稗田の攻撃の矛先《ほこさき》が葉奈に向かったことを説明し、さらに身代金の要求は嘘で、自分ひとりで指定場所に出向くことが、葉奈を無事に返してもらう条件であることも明かした。

「忍さんのせいだとは思えませんね。稗田はどれだけ会長をつけ回しても、隙《すき》がなくて襲えないものだから、その腹いせで葉奈さんを攫ったに違いありません」

「そうだとしても、俺が行かないと葉奈は――」

「罠《わな》ですよ。稗田は葉奈さんだけではなく、あなたをも会長から奪おうとしている。会長にとって一番大事なおふたりを傷つけたいだけなんですよ。そんなことくらいわかっているはずなのに、まんまと罠に引っかかってどうするんですかっ！」

滅多に声を荒らげない男が、本気で怒鳴った。考えてみれば河野が大声で自分を叱るのは、これが初めてだ。葉鳥は妙な感慨を抱きながら、「耳が痛いよ」と呟《つぶや》いた。

「罠でもなんでもいい。俺は絶対に葉奈を取り返す」

「会長の命令を無視してですか」

「そうだよ。俺は新藤さんの部下でも舎弟でもない。恋人で家族同然。だろ？　だったら命令されるのって変じゃない。今は誰の命令も聞かない。たとえ新藤さんに捨てられても行くよ」

開き直った葉鳥に対し、言うべき言葉が見当たらないのか河野は黙り込んだ。

「……あなたのような御《ぎょ》し難《がた》い人を、会長はよく何年もおそばにおいていらっしゃる」

腹立ち紛《まぎ》れに出た言葉は、葉鳥自身が常々思っていることだったので笑いそうになった。

「本当だよね。俺も同感。新藤さんの忍耐強さって国宝級だ。もう切るよ」

「忍さ――」

葉鳥は携帯をジーンズのポケットに入れ、窓の外を眺めた。信号待ちで停車した時、母親に手を引かれて歩く小さな女の子の姿が目に入り、思わず目をそらした。

葉奈はお腹を空《す》かせていないだろうか。痛い思いをしてはいないだろうか。気が緩むとすぐに悪い想像が駆け巡り、葉奈のことで頭がいっぱいになる。

襲ってくる嫌な想像と必死で闘っていると、また携帯が鳴った。この着信音は新藤だ。葉鳥はギュッと目を閉じ、心の中で謝りながら電源ごと呼び出しを切った。新藤の声を聞いてしまえば心が鈍《にぶ》る。

賢《かしこ》いやり方でないことくらい、自分が一番よくわかってる。でも馬鹿だから、こんなふうにしかできない。

けれどやるからには絶対にへまはしない。絶対に稗田の手から葉奈を奪い返してみせる。たとえ自分が死んでも、新藤のもとに葉奈を返す。

葉鳥は携帯を握り締めながら、やっぱりさ、と心の中で新藤の面影に語りかけた。

葉奈は新藤さんの娘だよ。血の繋がりなんて関係ない。葉奈の父親は新藤さんだけだ。俺は父親になんてなれなくていい。ただ葉奈を守れたら、それでいいんだ。

父親としての責任は何も果たせないけど、葉奈を守ることだけは成し遂げたい。だから許してほしい。馬鹿な奴だと呆《あき》れてもいいから、怒ってもいいから許してほしい。

「さすがに、今回ばかりは許してくれないかな……」

葉鳥は薄笑いを浮かべ、寂しい独り言を口にした。


最寄り駅で電車を降り、携帯の地図を見ながら歩くこと約二十分。葉鳥は人も車も通らない寂しい通りで足を止めた。

「ここか？」

街灯もろくにない暗い道路なので、看板の文字を読むのも一苦労だ。だが確かに錆《さ》びついた看板には、かすれたペンキで丸井物流センターという文字が見て取れる。

駅から歩くほど民家は少なくなり、古びた倉庫や建設会社、それに運送会社などがぽつりぽつりと建ち並ぶ寂れた一画だった。荒れた空き地も目立つ。

葉鳥は出していた地図をメールに添付し、河野の携帯に送信した。万が一、自分が失敗した時は、河野にあとを託すしかない。メールが送信されたのを確認して電源を切った。

月明かりの下、葉鳥はコートのポケットから出した革手袋を装着しながら、倉庫に向かって歩いた。敷地は広いがアスファルトはひび割れ、隙間から雑草が生えている。会社が潰れたまま、かなり長く放置されているのだろう。

倉庫の前には、トラックの荷台をバックでつけられるトラックバースが八基ほどあった。当然そこにトラックはないが、白い乗用車が一台止まっていた。品川ナンバーでひらがなは『わ』、つまりレンタカーだ。稗田がここまでの移動に使った車だろう。

葉鳥は無人の車の脇を通り抜け、右端のシャッターを持ち上げた。鍵は掛かっておらず、錆びついたシャッターは耳障《みみざわ》りな音を立てて開いた。

中に入った途端、眩《まばゆ》い光が目に飛び込んできた。

「シャッターを閉めろ」

葉鳥の顔に向かって懐中電灯を照らしているのは稗田だった。葉鳥は手で灯りを遮りながら頷いた。シャッターを下ろし終えると、稗田は右手のドアに灯りを向け、その部屋に入れと指示した。

空っぽのスチール棚が壁際にたくさん並んだ広い部屋だった。ＬＥＤのランタンがふたつ置かれているので、内部はそこそこ明るい。葉鳥が部屋の中に進むと、稗田はドアを閉めて懐中電灯のスイッチを切った。

　部屋の片隅に葉奈が横向きで倒れていた。そばに大きなスポーツバッグが落ちている。あの中に葉奈を入れて運んだのかと思うと、腸《はらわた》が煮えくりかえりそうになった。

「葉奈」

　声をかけて近づこうとしたら、稗田が背後で「勝手に動くなっ」と鋭く命令した。

「心配しなくてもガキは無事だよ。ピーピー泣いてうるさいから、睡眠薬入りのジュースを飲ませてやった。おかげでよく眠ってら」

「てめぇが飲んでる得体の知れない睡眠薬なんか、よくも飲ませやがったな」

　頭のすぐ後ろでカチッと嫌な音がした。

「生意気な口をきくな。今の、なんの音かわかるか？」

「チャカのセーフティを解除した音だろ。俺の頭をぶっ放す気か？」

　葉鳥は両手を上げ、ゆっくりと振り返った。目の前に銃口があった。稗田が握っているのは黒いオートマチックの拳銃だった。口径は三十くらいある。

　稗田が指を少し動かしただけで自分は死ぬ。脳みそをぶちまけて横たわる自分の汚い姿を想像したら笑いそうになった。人間なんて呆気《あっけ》ないもんだよな、とどこか他人事のように考える。

　唐突に思った。不公平がまかり通るこの世の中で、死だけが唯一の平等なのかもしれない。

大金持ちの人間も無一文の人間も、幸せな人間も不幸な人間も、大人も子供も女も男も、みんな最後は死ぬ。絶対に死が訪れる。

「何笑ってやがる。俺が撃たないとでも思ってるのか？」

「いや。撃たれた自分を想像したら可笑《おか》しくなってさ。みっともねぇ死に様だよな」

せせら笑いを浮かべて答えたら、思い切り頬を張られた。

「簡単に死ねると思うなよ。死んだほうがましだって思うほど、お前はこれから辛《つら》い目に遭うんだ。覚悟しろ」

稗田は左手で葉鳥の身体に触れ、ボディチェックを始めた。

「武器なんて持ってない。丸腰だ」

そう言ったが稗田は上から下までくまなく調べた。葉鳥が持っていた携帯と財布を奪い、稗田はそれらを棚の上に置いた。

「俺は何をされてもいい。けど葉奈には手を出すな。そういう約束だろう？」

「そんな約束なんて交わした覚えねぇな。返してやるとは言ったけど、無傷でとは言わなかったはずだ」

葉鳥は「やめてくれっ」と叫び、床に跪《ひざまず》いた。

「頼む！　このとおりだっ。こんな小さな子を痛めつけて、何が楽しいんだよ」

「俺は楽しいね。新藤が苦しむなら、こんなガキいくらでも痛めつけてやるよ。でもその前に、まずはてめぇからだっ」

頭を蹴られ、葉鳥は床に倒れ込んだ。稗田は拳銃を突きつけたまま、葉鳥を蹴り続けた。

「何が三代目会長だっ。磯崎さんこそが会長に相応《ふさわ》しい人だったのに、親の力でずるしやがって。薄汚いホモ野郎が組織のトップだなんて、どうかしてるだろうっ。お前も男のくせに、男にカマ掘られて嬉しがってんじゃねぇよ！　この変態がっ」

頭と腹を守るため、必死で身体を丸めた。稗田は新藤と葉鳥を罵倒《ばとう》しながら、五分ほど激しく蹴り続けた。葉鳥は呻《うめ》き声を上げ、逃げるように冷たい床の上を左右に転がった。

「……頼む、葉奈には、葉奈には何もしないでくれ、頼むよぉ……」

蹴られながら訴える口調は憐《あわ》れそのものだった。稗田は葉鳥があまりに無抵抗なのでつまらなくなったのか、「口先だけの情けねぇ野郎だ」と言い捨て、いったん攻撃をやめた。

「もう少し骨のある奴かと思ったが、しょせんオカマはオカマだな」

稗田が肩で息をしながら、棚に置いてあったペットボトルを摑んだ。床で芋虫のように身を捩《よじ》っている葉鳥を見て、あの様子なら大丈夫だと思ったのだろう。邪魔な拳銃を棚の上に置き、ペットボトルの蓋《ふた》を開けて口に運び始める。

葉鳥はその瞬間を見逃さなかった。ブーツの中に隠してあったものを取り出すと同時にすばやく飛び起きた。稗田が慌てて拳銃に手を伸ばしたが、それよりも早く葉鳥は手の中にあった催涙スプレーを噴射した。稗田の顔めがけて中身が水鉄砲のように鋭く飛び出していく。

「うあ……っ」

まともに顔にヒットした。稗田は顔を押さえながら手探りで拳銃を探そうとしたが、葉鳥に腹を蹴り飛ばされ後ろに吹き飛んだ。葉鳥は空になったスプレー缶を左手に持ち、右手に拳銃を握って稗田に銃口を向けた。

「この催涙スプレー、すげぇ飛ぶだろ？　防犯ショップのお兄さんが、こんなに小さいのに飛距離三メートルですよって勧めてくれたんだけど、嘘じゃなかったな」

床に手をつき、激しく咳き込んでいる稗田をその場に放置し、葉鳥は葉奈に駆け寄った。規則正しい呼吸に安堵《あんど》したが、左側の頬がひどく腫れ上がり、唇の端も切れて血がにじんでいた。痛々しい顔だ。目元には涙の跡がまだ残っている。

「……殴ったな。こんな小さい子を殴りやがったな」

新藤が慈《いつく》しんで育ててきた花を、薄汚い足で踏みつけられた気がした。葉鳥は立ち上がって稗田の前に戻った。稗田は床に座り込み、まだ咳き込んでいる。涙と鼻水でぐしゃぐしゃになりながらも、その目はぎらついて反抗的だった。まさしく狂犬だと思った。

怒りのままに稗田を痛めつけたい衝動に駆られたが、葉鳥は必死で自分を制した。感情に負けて動くなと自分に言い聞かせる。

「俺はお前が嫌いだ。虫酸《むしず》が走るほど大嫌いだよ。お前もそうだろう？　俺が嫌いでしょうがねぇんだろ？　お前は気づいてないかもしれないが、そういうのを同族嫌悪っていうんだよ」

「な、なんの話だ？　ごほっ、俺とお前が似てるなんて、あるわけねぇだろ……っ」

稗田は葉鳥を親の敵《かたき》のような目で見上げ、すぐに反論した。

「認めたくねぇなら、まあいいけどさ。……なあ、稗田。今回のことは絶対に許せないが、俺は誰にだってやり直せるチャンスってものは必要だと思ってる。そういうチャンスのおかげで、自分を変えられることもあるからな。だから俺はお前に一回だけチャンスをやろうと思う」

「チャンス……？」

葉鳥に突然の言葉に、稗田は警戒しているようだった。まだしっかり開けられない目を瞬かせながら、葉鳥の顔を必死で見ようとしている。

「そうだ。お前がもう新藤さんのことは忘れて、二度とかかわらないと約束するなら、このまま逃がしてやる。けど、もし嫌だって言うなら、ここで死んでもらう。好きなほうを選べ」

考えるまでもない二者択一なのに、稗田は長い間、黙っていた。葉鳥の言葉を疑っているのかもしれない。

「早く決めろ。俺は短気なんだから」

銃口をまっすぐに突きつけて答えを迫ったら、稗田は「わ、わかった」と答えた。

「新藤にはもうかかわらない。お前にも、そのガキにもだ。約束する。東誠会の仕返しも怖いし、東京《とうきよう》を離れるよ。約束する。だから殺さないでくれ」

稗田の声には生き延びたい必死さがにじみ出ていた。言葉どおりすんなり信じるわけにはいかないが、自分が出した条件だ。葉鳥は疑いたくなる気持ちを抑え込み、銃口を下げた。

「立てよ」

葉鳥に指示され、稗田は棚に手をかけながら立ち上がった。

「……行け。出ていっちまえ。負け犬には興味がねぇんだ」

葉鳥は稗田に背中を向けた。壁際まで歩き、葉奈に近づきしゃがみ込む。

「すまなかったな。恩に着るよ。お前、いい奴だったんだな」

稗田の声が背後で移動していく。葉鳥はドアの開く音を待ちながら、葉奈の頰を撫でた。

──早く行け。行ってくれ。

祈るように思ったがドアの開く音はとうとう聞こえなかった。代わりに葉鳥を襲ったのは鋭い殺気だった。背後に稗田が迫ってくる気配を感じた葉鳥は、振り向きざまに銃口を向けた。

腕を伸ばせば届く距離に、右腕を高く掲げた稗田が立っていた。その手には小型のナイフが握られている。

稗田の胸に銃口を押し当てた。心臓のあたりだ。稗田の顔が引き攣《つ》っている。

「だるまさんがころんだ、でもやってるつもりかよ」

葉鳥は立ち上がって銃口をさらに強く押しつけた。稗田の腕が下がり、手からナイフがこぼれ落ちる。それでも葉鳥は銃口で稗田の胸をぐいぐい押した。これだけ接近しているのだが、銃を奪い返そうと飛びかかってくるくらいの無謀を期待したが、稗田は怯えた態度でどんどん後ずさり、背中が棚に当たると崩れ落ちるように床に尻餅をついた。

「う、撃たないでくれ……っ」

「お前、本当にどうしようもねぇな。せっかくチャンスをやったのに。どうせあれだろ？　俺を出し抜いて、俺がかけた情けを馬鹿にして笑ってやろうとか考えたんだろ？　人の情けも素直に受け取れないほど、頭が悪かったんだな。もう少し利口かと期待してたよ」

稗田の目に怒りが浮かんだ。こんな情況なのに、殺される恐怖より馬鹿にされた怒りのほうが強いらしい。

本当にどうしようもない男だ。矯正不可能な狂犬は処分するしかない。

「……稗田。お前が新藤さんを激しく憎むのは、磯崎を破門にされたからじゃねぇ。磯崎のためとか言いながら、実際は自分の中にある個人的な怒りを、新藤さんにぶつけていただけだろう」

「な、なんの、話だ……っ」

「お前、義理の親父に虐待されていたんだってな。殴る蹴るだけじゃねえ。お前、そいつに犯されてたんだろ？　いわゆる性的虐待ってやつだ」

稗田が瞠目《どうもく》した。葉鳥の顔を穴が空くほど見つめている。

「なんで知ってるのかって言いたそうなツラだな。誰も知らない秘密だと思ったか？　そうじゃねえだろ。ひとりだけ知ってる人間がいるだろう」

「……お前、俺の母親に会ったのか？」

「ああ。会ったよ。二度もな。一度目はお前の女だと思って会いに行った。お前の母ちゃん、芝居が上手いよな。すっかり騙《だま》されちまったよ。でもこの写真を見て、あとから気づいた。腕の黒子《ほくろ》が同じだったからさ」

胸のポケットから写真を抜き出し、稗田に突きつけた。そこには赤ん坊の稗田を抱く、若き日の田上奈々枝《たがみななえ》が写っていた。その右腕にはふたつの黒子が並んでいる。

「さっきスナックに寄って、この写真を突きつけて問い詰めたら、渋々お前の母親だって認めたよ。いやー女って怖いね。整形して体重落としたら、もう丸っきり別人じゃん。そのうえ名前まで変えちゃって、別の人生を楽しく生きてんだもん。したたかだよね」

「何が言いたい？」

「お前の義理の親父をベランダから突き落としたのは、あの女だろう？　上手《うま》い具合に事故死で処理されたが、ばれるのが怖くて新しい男と逃げたんだ。お前を置いてな」

稗田は「何言ってやがる」と言い返した。声に力がない。

「あの男を殺したのは俺だ。むかついてしょうがなかったから、殺《や》ってやった」

「かばうことないじゃん。あの女は虐待されてるお前を救うために亭主を殺したんじゃない。新しい男と一緒になりたいから、邪魔な男を始末しただけだ。本人もそう言ってたぜ？」

稗田の感情が初めて大きく揺れた。その証拠に眼球が小刻みに動いている。

「嘘だ……っ」

「嘘じゃねぇ。あの女は母親らしい感情なんて、まったく持ってないんだよ。藤井のアパートがわかったのも、あの女が教えてくれたからだ。俺がボトルを入れたら、あっさりお前のこと売りやがった」

稗田の唇がわなわなと震えている。相当ショックだったようだ。葉鳥は憐れな男に銃口を向けながら、頭を右に傾けて「可哀想になぁ」と優しい声で話しかけた。

「あの女、お前の存在が迷惑なんだってよ。親子の縁を切りたいのに、女と別れるたびに自分のところに転がり込んで来る、乱暴者の息子が邪魔でしょうがないらしい。そりゃそうだよな。我が物顔で部屋に居座って、気に食わないことがあるとすぐ暴力を振るう。誰だって嫌になるさ。もういっそのこと、死んでくれないかって嘆いてた」

稗田は呆然とした表情で葉鳥を見上げた。母親だけは自分を愛していると信じていたのだろうか。少し考えればわかりそうなものなのに馬鹿な男だ。

「なあ、稗田。これで少しは絶望して、自分から死にたくなったんじゃないか？」

葉鳥の言葉に稗田は動揺した。まるで今初めて銃口がそこにあったことに気づいたような、驚きようだった。

「俺を、自殺に見せかけて殺す気か……？」

「そうするしかないだろう。お前のようないかれた男は情けをかけても、また同じ事を繰り返す。今まで以上に新藤さんを恨み、また馬鹿な真似をしでかす。わかるんだよ。簡単に想像がついちまう。お前と俺はよく似てるからな」

稗田には生きる理由が必要なのだ。そしてこの男を突き動かす原動力は、不満であり怒りであり恨みであり憎しみだ。葉鳥も昔はそうだった。へらへら笑いながら、何もかもを否定して、何もかもを呪《のろ》って生きていた。

新藤と出会い、生きる理由を新藤に求めたことで葉鳥は変わった。変わることができた。稗田もこの先、いつか変わることができるかもしれない。だがそのいつかに期待して、この男を野放しにすることはできない。

「俺はお前の少年時代には同情するよ。ひでぇ親に当たって気の毒だったよな。でもな、親が悪いとか育った環境が悪いとか、先生が悪いとか虐《いじ》めた奴が悪いとか、そういう言い訳はガキの時にしか通用しないんだよ。二十歳過ぎたら自己責任。てめぇが吐いた唾はてめぇの顔で受け止めろ」

「た、助けてくれ……っ。俺はもう二度と東誠会にはかかわらない。約束するっ。だから見逃してくれ……っ」

顔を歪《ゆが》めて哀願されても、同情などまったく感じない。

「もう遅い。さっきチャンスをやっただろ。二度目のチャンスはない。……いや、俺がさっきやったチャンスが二度目か？　一度目は新藤さんがくれたよな」

稗田はまるで意味がわからないという顔つきをしている。

「新藤さんは自分を殺そうとしたお前を絶縁処分にした。それだけだ。逃げた男を捜す必要はないって言って、もう終わったことにしてくれたんだ。普通なら、お前は殺されていてもおかしくない情況だったのに。なのにお前はあの人を逆恨みして殺そうとした。もうそこからして間違ってんだよ」

「本気じゃなかったんだ、少し脅かしてやろうとしただけで……っ。なあ、ゆ、指を詰める。ここで指を落とすから、それを新藤のところに持って行けよ。それならお前も面子《メンツ》が立つだろう？　なあ、そうしてくれよ」

擦り寄るような卑屈な笑いを浮かべる稗田は醜悪だった。これまで見てきたどの顔より醜い。

「お前の汚いエンコなんて誰がいるかよ。そんなもん、犬の餌にもなりゃしねぇ。……稗田。狂犬なら最後まで狂犬らしく、牙を剝《む》いたままでいろよ。悲しくなるだろ」

稗田はまだ何か言おうとしたが、それ以上、聞きたくなくて鳩尾《みぞおち》めがけて鋭い蹴りを入れた。ブーツの爪先が胃の辺りにめり込んだ。稗田は苦悶の呻きをこぼし、背中を棚に預けたまま白目を剝いた。痛みと呼吸困難で意識は朦朧としている。

葉鳥は稗田の口を開け、拳銃の銃口を咥《くわ》えさせた。だらんとした右手を取り、指をトリガーにかけさせる。その上から自分の指を添え、自問自答した。

本当にこれでいいのか？　これしか方法はないのか？

耳を澄ませると、これでいいという声が聞こえた。そこに怒りはない。興奮もない。ほんの少しの悲しみがあるだけだった。だがその悲しみは稗田に対する同情でもなければ、罪を犯す自分への憐れみでもない。ただ純粋なまでの、何にも属さない悲しみだった。

「う……」

稗田が目を開けた。ぼんやりした目に焦点が合ってくる。自分の口に押し込まれた銃口に気づき、その顔は恐怖に歪んだ。

「ひ……っ」

稗田が大きく息を吸い込んだのと同時に、トリガーを引いた。

パンッと火薬の弾ける大きな音が響き、背後の壁に吐瀉物《としゃぶつ》のようなものが付着した。弾け飛んだ稗田の脳の一部は、まるで蝶の羽根のように左右対称の形をしていた。何かに似ていると思った。

しばらく考えてわかった。ロールシャッハテストのインクの染みだ。薬物の更生施設にいた時、医者に何度かテストされた。葉鳥の自虐的で自滅的な言動は薬物のせいではなく、精神の異常から来ていると疑われたのだ。

飛び散った脳みそを見てロールシャッハテストを思い出す自分は、確かに少し異常なのかもしれない。まあ、そんなことはどうでもいいけど、と思いながら、葉鳥は事務的な手つきで稗田の身体《からだ》をまさぐり、携帯を探しだして自分のコートのポケットに入れた。財布は紙幣とレシート類だけを抜き取り、ズボンのポケットに戻した。

立ち上がって棚に置かれた自分の携帯と財布も回収する。周囲を見回し、葉奈のそばに紙コップが落ちているのに気づいた。葉奈の指紋がついているかもしれないので、握りつぶしてそれもポケットに入れる。

他に自分と葉奈の痕跡が残っていないか確かめてから、葉奈を抱き上げた。冷たい床で寝ていたせいで、手足がすっかり冷え切っている。葉鳥は葉奈の頭を肩に載せ、小さな身体をコートで包み込んだ。

来た時と同じシャッターを開けて外に出た。軽いはずの葉奈の身体が、今夜に限ってやけに重く感じられた。疲れ果てた気分で腕時計を見たら、ここに到着してからまだ三十分ほどしか経っていなかった。

通りに出てから携帯の電源を入れ、河野に電話をかけた。

「カワッチ？　今、どの辺？」

「市川インターチェンジを降りたところです」

「じゃあ、もう少しだね。動かずにここで待ってるよ」

河野は葉鳥のメールを受信した直後に本宅を出て、高速を飛ばしてきたのだろう。

「葉奈さんは？」

「無事だよ。薬盛られて眠ってる。……疲れたから早く来て」

電話で説明するのも億劫だったので、それだけ告げて電話を切った。電柱にもたれかかって待っていると、十分もしないうちに黒塗りの車が二台やって来て、葉鳥の前で停車した。殺気立った男たちがいっせいに降りてきた。

「駄目駄目、みんな乗って。早くここを離れるんだ。カワッチ、すぐに車出して」

河野は余計な質問はせず、全員を車に戻すとただちにその場を離れた。

「稗田はどうしました？」

「死んだよ。持ってたチャカで頭を撃ち抜いて自殺した」

よく眠っている葉奈の頭を撫でながら答えた。河野は葉鳥の横顔をしばらく見つめていたが、やがて絞り出すような声で「あなたが手を汚すことはなかったのに」と呟いた。

「自殺だって言っただろ？　奴の手からは硝煙反応だって出る」

「ですが――」

「組織を追い出されたチンピラの自殺に、警察が関心なんて示すもんか」

葉鳥が強気で言い返すと、河野はそれ以上の苦言は控えた。

「わかりました。では処分するものがあれば出してください」

葉鳥はコートのポケットから催涙スプレーと稗田の携帯、それに潰れた紙コップを出して渡し、最後に革手袋も脱いで差し出した。河野は無言で受け取り、それらを自分の上着のポケットに収めた。

「ん……。忍ちゃん……？」

葉奈が目を覚ました。

「ここ、どこ……？」

「車の中だよ。今家に帰ってるところ。すぐ着くからな」

葉奈はギュッと葉鳥にしがみついた。

「……あの、怖いお兄ちゃんは？」

喋り方はたどたどしく、目つきはぼんやりしている。薬のせいだろう。だが味わった恐怖を物語るように、葉奈の小さな手は葉鳥のコートを強く握り締めていた。

「もういないよ」

葉鳥は優しく背中をさすりながら答えた。だが葉奈は泣きそうな顔で「でも、また来る？」と尋ねた。

「二度と来ない。あの悪いお兄ちゃんはやっつけてやったから、もう葉奈のところには絶対に来ない。だから安心しな」

「本当？」

「ああ。本当だ。葉奈を苛める奴は、この忍ちゃんが許さない。約束するよ。何があっても俺が葉奈を守ってみせる。だからもう怖がらなくていいんだ」

耳もとで囁《ささや》いてやると葉奈はまた眠くなってきたのか、「うん」と答えて目を閉じた。葉奈が完全に寝ついてから、河野が小声で話しかけてきた。

「会長には先ほど、葉奈さんのご無事を報告させていただきました。……ご自分でも電話されますか？」

しれっとした顔で自分の携帯を差し出してくる河野に、「鬼かよ」と言ってやった。

「怒られるのがわかってんのに、電話なんてできるわけないだろ」

「それは自業自得でしょう。明日、会長がお帰りになられたら存分に叱られてください」

葉鳥は「ひでぇ」と力なく笑い、目を閉じた。

「ごめん。ちょっと寝る。着いたら起こして」

「承知しました。葉奈さんをお預かりしましょうか？」

少し迷ったが、「いいよ」と首を振った。疲れているが、葉奈の重みはずっと感じたままでいたかった。

8

「開けろ、忍。いい加減に出てこないと本気で怒るぞ」

ドアの向こうで新藤が喋っている。葉鳥はドアに背中を預けたまま「嫌だっ」と叫んだ。

「もうとっくに本気で怒ってるくせに」

「わかってるなら開けろ！　開けないならドアを蹴破るぞっ」

——怖い。マジで怖い。新藤が声を張り上げている。新藤の大声なんて滅多に聞けないが、今はその貴重さを楽しむ余裕なんてない。

「だ、駄目っ。ここは新藤さんと喧嘩した時に逃げ込んでいい場所なんでしょ？　だったらドアがなきゃ意味ないじゃん」

「……もういい。埒《らち》があかん。そこをどけ、忍」

葉鳥は青ざめた。本気でドアを蹴破るつもりだ。

「ま、待ってください、会長っ。そこまでされなくても……っ。忍さん、早く出てきてください。出てきてちゃんと謝れば、会長だってわかってくれますよ」

カワッチ、無責任なこと言うなよ、と思ったが、これ以上、新藤の機嫌を損《そこ》ねるのは怖い。葉鳥は悪あがきの籠城《ろうじょう》を渋々諦《あきら》め、鍵を外してそっとドアを開けた。

廊下に新藤が立っていた。特別眉《まゆ》をつり上げているとか、にらみつけているとか、そういう表情の変化はないのに、怒りの気配がひたひたと押し寄せてきて圧倒される。葉鳥は思わず目をそらして俯《うつむ》いた。

「俺に何か言うことはないのか」

いつもなら聞き惚れる魅惑の低音ボイスも、今は震えるほど怖い。

「……勝手なことしてごめんなさい」

謝ったが頬を張られた。容赦ない強さだったので、葉鳥はよろめいて転びそうになった。

「会長、お怒りはごもっともですが、忍さんも怪我をされていますので、どうか暴力は……」

河野がふたりの間に入っていさめた。新藤は河野をじろりとにらみ、「お前は誰の部下なんだ」と冷ややかに言い放った。

「そもそも、お前が忍を止められなかったのがいけない。俺は忍が暴走しないよう、しっかり見張ってろと言ったよな」

「は、はい。すべて私の不徳の致すところです。申し訳ありません」

攻撃の矛先がいきなり自分に向いたので、河野の顔も幾分青ざめている。

「お前は母屋に戻っていろ。忍とふたりで話がしたい」

叱られたばかりだというのに、河野は「ですが」と立ち去ることに難色を示した。

「もう手は上げない。話をするだけだ」

新藤が溜め息混じりに言うと、河野はようやく安心したのか頭を下げてその場から離れた。

新藤はドアを閉め、葉鳥と向き合った。

「なぜあんな無茶な真似をした。葉奈を返す条件として、稗田がお前にひとりで来るよう言ったことは知っている。だが本当にひとりで乗り込んで行くのは、考えなしのすることだ。他にもっと安全で確実な方法があったはずだ」

新藤の言い分はもっともだ。まったくもって正しい。だが昨夜の葉鳥には、あれ以外の方法は選べなかった。意地になっているのでも、むきになっているのでもない。どうしてもああいう形でしか、あの事件を解決できなかったのだ。

「あったかもしれないけど、俺は俺のやり方でしか葉奈を助けられなかったんだ。新藤さんからすれば考えなしの行動だろうけど。俺なんて本当に馬鹿でガキで、大人になりきれないし、父親にもなれない本当どうしようもない男だけどさ、でも、でもそれが俺なんだよ……っ」

言いながら感情が高ぶってきて、声がみっともなく裏返った。

「こんなふうに開き直るのって卑怯《ひきょう》かもしんないけど、だけど俺は俺で、俺以外になれないんだ。いつも変わりたい、ちゃんとした大人になりたいって思ってるけど、でも今ここにいる俺が、俺の精一杯なんだよ。新藤さんの望む俺になれなくて悪いと思ってる。いつも失望させてばっかりだし。本当にごめん。ごめんなさい……」

胸の奥深くから熱い何かがこみ上げてきて、葉鳥をやるせなくさせる。変われない自分への苛立ちと、変わりたくないと思う意固地《いこじ》さが絡み合い、自分を否定したいのか肯定したいのかもわからなくなる。

「……まったくお前は。いや俺も俺だな」

涙ぐむ葉鳥を新藤が強く抱き締めた。腕の中にきつく閉じ込め、葉鳥の髪に顔を埋めてくる。

「新藤さん……？」

いきなりの抱擁にびっくりして顔を上げると、苦しげな眼差《まなざ》しがそこにあった。

「危険な真似をしたお前に腹を立てて帰ってきたが、本当ならまず葉奈を助けてくれた礼を言うべきだったな。なのにすまない、忍。いくら死ぬほど心配したからといって、真っ先に怒りをぶつけるなんて、俺もつくづく自分勝手な男だ。俺たちは対等な関係だと何度もお前に言ってきたくせに、心のどこかでお前を自分の所有物のように思っていたのかもしれないな」

新藤にそんな辛そうな顔をさせていることが耐えられなかった。葉鳥は新藤の背中に腕を回し「いいんだよ」と熱く訴えた。

「俺は新藤さんのものだよ。だから、どんなふうに扱ったっていいんだ。俺は新藤さんのものなのに、新藤さんの望むような存在になれないことが苦しい……」

「そんなことは気にするな」

新藤は葉鳥の前髪を優しくかき上げ、あらわになった額に唇を押し当てた。甘い感触に全身がとろけそうになる。

「お前が籠の中で飼っておける大人しい鳥じゃないのは、最初からわかっていたことだ」

新藤の目には、ある種の諦めが浮かんでいた。だがそれは決して投げやりなものではなく、むしろ大きな愛情の裏返しのように思えた。

「好きに生きろ。俺はしたたかに強く生きるお前が好きだ。大胆でどんな危険ものともしない不敵さは、お前の個性であり一種の才能だからな。俺が何を言おうと、自分が正しいと思うことなら貫《つらぬ》けばいい」

「けど、危ない真似したらまた怒るんでしょ？」

「当たり前だ。お前を叱れる人間は俺しかいないだろう」

そう言って微笑《ほほえ》む新藤の甘い瞳に胸を撃ち抜かれた。葉鳥は純情な少女のように頬を染め、「んもう」と新藤の胸に頭をこすりつけた。

「新藤さん、どれだけ俺を骨抜きにするんだよ。クラゲになっちゃいそうだって。もう叱って叱って。いっぱい叱って。新藤さんにならお尻ペンペンされたっていいよ」

嬉しくてぎゅうぎゅう抱きついていたら、新藤が思い出したように「そういえば」と言いだした。決して機嫌のいい声ではなかったので、ギクッとした。

「お前、俺の命令を無視して家を抜け出した時、河野に言ったそうだな。たとえ俺に捨てられても行くって。あの言葉だけはどうしても許せないな。本当に俺と別れる覚悟でいたのか？」

「え、や、違……っ。あ、あれは言葉の綾《あや》だよっ」

新藤は不機嫌そうに眉根《まゆね》を寄せている。なんでそんな細かいところにこだわるんだよ、と泣きたくなった。

「で、でも、新藤さんだってさ、命令を聞かないなら別れるって脅しただろ。あれはどうなんだよ？　本気で別れるつもりで言ったわけ？」

「本気なわけないだろう。お前に釘を刺すために言っただけだ」

「だったらおあいこじゃん。俺だってあれ、チョー嫌だったんだからね」

あの時の落ち込みを思い出して、本気で腹が立ってきた。

「嘘だってわかっててもショックでガーンってなって、もうマジ辛かった。ああいうの、二度と言うなよなっ」

つい興奮して声を荒らげてしまった。言い過ぎたと思って慌てて口を閉ざしたが、新藤は怒るどころか肩を揺らして笑いだした。

「な、なんで笑うの？　俺、変なこと言った？」

「いや。言ってない。だがお前に叱られるとは思ってもみなかったから、妙に可笑しくなってな」

「ご、ごめん、偉そうに言っちゃって。生意気だったよね」

新藤は優しい笑みを浮かべたまま、葉鳥の頬を両手で挟んだ。

「構わん。お前と痴話喧嘩ができる日が来るとは思いもしなかったが、なかなか悪くない。とにかくお前も葉奈も無事でよかった」

唇に軽くキスされ、葉鳥は胸がいっぱいになった。同時に自分のしたことが、新藤に迷惑をかける結果になったらどうしようという不安が頭をもたげてきた。

「稗田のこと、ごめん。もし警察に感づかれたら、俺、すぐ自首するから」

「もしお前に捜査の手が及びそうになった時は、俺がお前を全力で守る。何があってもお前を守ってみせる」

今度は深くキスされた。痛いほど唇を吸われ、舌を激しく搦め捕られる。身体の力が抜け膝から崩れそうになったが、新藤が抱き留めてくれた。

「新藤さん……」

「ここのベッドは狭すぎるな。俺たちの寝室に行こう」

耳朶《じだ》をやんわりと嚙まれ、甘い囁きを耳に流し込まれる。葉鳥はうっとりしながら新藤の首に両腕を回してしがみつき、「でも葉奈は？」と尋ねた。

「母屋でキヨさんが相手をしてくれている。昼食は向こうで食べてくるから、しばらくはふたりきりだ」


昼間から新藤と抱き合うのは久しぶりだった。張り切って服を脱ぎ始めた葉鳥だったが、自分の身体が痣だらけなのを思い出して、急に気持ちが落ち込んだ。

「ごめん。俺の身体、汚い。こんなんじゃ、萎《な》えちゃうよね」

新藤は半裸の葉鳥に近づき、「馬鹿なことを言うな」と残りの服を脱がし始めた。下着姿にしてから全身を熱い眼差しで眺め、優しい手つきで顔から肩へ、胸から腰へと触れながら両手を滑らせた。

「葉奈を守ろうとしてできた痣だろう。むしろひとつひとつが愛《いと》おしい」

その言葉を証明するかのように、葉鳥を立たせたまま新藤は痣のある場所を愛撫した。最後はひれ伏すように、膝にできた痣にまでキスをした。

「新藤さん、もういい。そういうの苦手」

「そういうの、とは?」

どこか面白がるような目で尋ね、新藤は葉鳥の腿にキスをした。そこには薔薇《ばら》のタトゥーがある。新藤は本物の薔薇を愛《め》でるかのように、花弁の一枚一枚を舌先で丁寧になぞっていく。そこは駄目だ。新藤の好きな花を彫り込んだその神聖な場所は、葉鳥がもっとも感じる性感帯で、新藤に触れられたらひとたまりもない。

葉鳥は立っていられなくなり、息を乱しながら自らベッドに倒れ込んだ。腕を伸ばして「来て」と囁くと、新藤はワイシャツとアンダーシャツを荒々しく脱ぎ捨て、葉鳥の上に覆い被さってきた。

息もできないほどの激しい口づけに目がくらむ。火傷《やけど》しそうに熱い唇は情熱的な動きで首筋に落ち、鎖骨を甘く吸い、平らな胸を征服した。

「噛んで……。乳首、痛いくらいに噛んで……」

舐《な》められるだけでは足りなくなり、葉鳥は背筋を反らして、胸を突き出してねだった。赤く膨れた小さな尖りに新藤が歯を立てる。カリッと噛まれると電流のようなものがビリッと走り、葉鳥はブルッと身体を震わせた。

「あ……っ。いい……、すごく、いいよ。もっと噛んで……っ」

興奮した肉体には痛いくらいの刺激がちょうどいい。新藤は右の乳首を噛みながら、左の乳首は指先で摑んでキュッと摘《つま》んだりこねたりした。たまらないほど感じ、葉鳥はもう挿入されているかのように、新藤の身体に両足を巻きつけ腰をくねらせた。

「駄目、もう挿《い》れて……、新藤さんが欲しくて欲しくて、どうにかなりそう……っ」

「急《せ》くな。ゆっくり楽しめばいいだろう」

「無理。今すぐ挿れてくんないと、頭がおかしくなる」

葉鳥は新藤を押しのけると身体を起こし、ベッド脇に置かれたサイドチェストの引き出しを開け、中からコンドームとローションを取り出した。

「ね、早く脱いで。ほら」

スラックスのウエストを引っ張ってせがんだら、新藤は呆れた顔つきになった。

「まったくお前はこらえ性がないな」

「取りあえず一回しよ？　そのあとで、ゆっくりいちゃつけばいいじゃない」

早く合体したくて気もそぞろな葉鳥は、新藤が裸になるなり自分でコンドームを装着し、その上にローションを塗りつけた。準備が整うと俯せになって膝を立て、尻を高く掲げた。

「はい、いいよ。オッケー。ブスって挿れて」

背後で大きな溜め息が聞こえた。

「どうしたの？」

首だけ曲げて尋ねると、新藤はなぜか葉鳥の尻をピシャッと叩いた。

「いたっ。な、何？」

「気にするな。少し腹が立っただけだ」

「え？　なんで？　俺なんかした？　何がいけなかった？　理由言ってくれなきゃ——あっ」

また尻を叩かれた。もうわけがわからない。

「力を抜け」

言うなり新藤は葉鳥の腰を摑み、自分のものをグッと押し込んできた。一気に深い場所まで攻められ、腰砕けになる。前のめりに倒れそうになったが、そうなる前にグイッと腰を引き戻され、早いリズムでずんずん奥まで穿《うが》たれた。突然の猛攻だ。

「あ、はぁ、や、いきなり、ずるい……っ、駄目、もっとゆっくり……っ」

「早く挿れろと言ったり、ゆっくりしろと言ったり、お前は本当に注文の多い奴だな」

激しい腰使いを物語るように、文句を言う新藤の声も跳ねている。腰を突き出すたび、力むような短い息づかいが耳をかすめていく。新藤は息までセクシーだ。ぞくぞくする。

「……いい、すごい……あ、新藤さん、すごい奥まで入ってる……、はあ、ん、あんっ、駄目、そこ、当たってる……っ。新藤さんの固いのが、俺のいいとこに、当たって擦れて、たまんない、はぁ、気持ちいい、よすぎて死んじゃう……っ」

乱れる葉鳥に追い打ちをかけるように、新藤は「俺も死にそうにいい」と囁いた。

「お前の中は熱くて蕩《とろ》けそうに甘い。俺のものを淫《みだ》らに咥えこんで離さない。いくら突いてもまだ足りないというように、俺をどんどん締めつけて呑み込んでいくぞ。なんていやらしい身体だ」

新藤が行為の最中に、卑猥《ひわい》な言葉で葉鳥を煽《あお》るのは珍しい。おかげで葉鳥の興奮はどこまでも高まっていく。とうとう我慢できなくなり、新藤に突き上げられながら自分のものを扱《しご》き始めた。

「俺がいるのに自分でするのか？」

背中に新藤が深く覆い被さってきた。耳朶をやんわり噛まれ、背筋が震える。

「だって、もう出したい……。出さないと変になる……」

「変になればいいだろう。俺の前でなら、いくらでも変になっていいんだ、忍……」

新藤の手が伸びてきて、ペニスを握っていた右手を拘束された。左手も掴まれる。まるで大きく羽を広げた鳥のように、ベッドに両腕を固定されてしまった。

新藤は葉鳥の背中に自分の胸をぴったりとくっつけ、淫猥に腰を振り続ける。葉鳥は自由を奪われながら、新藤の抽挿に呑み込まれていった。

その息づかいが、汗ばんだ肌の感触が、温《ぬく》もりが、自分の一番深い場所で息づく男の証《あかし》が、泣きたくなるほど愛おしい。何もかもが愛《いと》おしくてならない。

「新藤さん、好き……。好きだよ……」

「ああ。俺もだ。俺もお前が好きだ、忍」

首を曲げて新藤を見ると、新藤は葉鳥の無言の願いにすぐ気づいてくれた。熱い唇が重なってくる。ひとつに繋がりながら交わすキスは、幸福の味がした。

「あ、新藤さん、達《い》く、もう達く……っ、ん、あぁ……っ」

両手を掴まれたまま、葉鳥は新藤の挿入だけで高みに放り投げられるように、絶頂に達した。自分のペニスから熱い白濁が二度、三度と噴き出すのがわかった。身体が痙攣《けいれん》し、その締めつけに新藤も誘われたのか、ほぼ同時に達した。

新藤も大きな快感を味わっているのか、まるで自分自身を制御できないというように、達しながら葉鳥の肩に歯を立てた。

その痛みはあらたな快感となって、葉鳥を恍惚《こうこつ》とさせた。葉鳥は快感の余韻に浸りながら、心から満たされた気持ちで幸せだと思った。

今までも新藤に抱かれるたび幸せを感じてきたが、以前はいつか失うものと思っていた。だから幸せと同じだけの寂しさがあった。けれど今は違う。寂しさも不安もない。ただ喜びだけがある。新藤の深い愛情が葉鳥の怯えを拭《ぬぐ》い去ってくれた。

これからも新藤に寄り添い生きていく。新藤を愛し葉奈を愛し、ふたりを守り、そうやって生きていくうち、いつかはありのままの自分のことも、深く愛せるようになるのかもしれない。

愛したいと思った。自分で自分を愛するという簡単なことができるようになって、初めて自分は大人になれるのではないだろうか。

胸いっぱいに広がっていく温かな想い。全身がその温かさに、ひたひたと包まれていくような気がする。なぜかわからないが、羊水に浮かんでいる赤ん坊は、こんな温かさをいつも感じているのではないかと思った。

「昼下がりの情事、最高……」

思わず呟いたら、新藤は葉鳥の背中に乗ったまま笑い声で「同感だ」と呟いた。だがすぐに何かに気づいたように、「ん？」と怖い声を出した。

「お前、ピアスはどうした？　どちらの耳にもついてないぞ」

――しまった。昨日、外してそのままだった。

「えと、昨日、シャワーを浴びる時に外して、つけ忘れちゃった。ほ、本当だよ？　なくしてなんか、ないからね。ほら、そこに置いてあるでしょ？」

サイドテーブルを指さすと、新藤はむくっと身体を起こしてピアスを手に取った。

「普段はシャワーなんかで外さないだろう。どうせお前のことだから、葉奈を取り戻しに行く時、外してここに置いたんだろう。違うか？」

厳しい声だった。葉鳥は上体を起こし、新藤に向き直って「違いません」と答えた。

「で、でも深い意味はないんだ。なくしたら嫌だと思って、それで――」

「耳を出せ」

言われたとおり、髪をかき上げて新藤に耳を向けた。新藤はむっつりしたまま、葉鳥の両耳にピアスを装着した。ふたつのピアスが葉鳥の耳に戻ってきた。葉鳥はピアスがそこにあるのを指で触って確かめた。

「ありがとう。……それから、心配をかけてごめんなさい」

素直に謝った。新藤はその謝罪を受け入れるように、強く葉鳥を抱き締めた。

「二度と外すな。そのピアスは俺の気持ちそのものだ。だからどんな時も肌身離さずつけていてほしい」

「うん。ごめん、ごめんね」

「死ぬほど心配したぞ。もうあんな思いはさせないでくれ」

見つめ合うふたりの唇は自然と重なった。葉鳥は甘い気持ちを抱えきれなくなり、「ねえ、もう一回しよう」と囁いた。

「まだ全然足りないよ」

「俺も同じ気持ちだが駄目だ。葉奈がいつ戻ってくるかわからないだろう」

二度目の手合わせは、呆気なく却下された。欲求不満で悶々《もんもん》となったが、親だもん、しょうがないよね、俺、葉奈の父親だもん、と自分に言い聞かせた。

新藤の言ったとおり、服を着てベッドの乱れを整えていたら、葉奈が戻ってきた。ドアを何度もノックして、「パパ、いるんでしょ?」と尋ねてくる。

新藤はすぐドアを開けたが、葉奈は「どうして鍵をかけてたの?」と不満顔だった。新藤は「どうしてかな?」と誤魔化したが、そのうち誤魔化しきれない時が来るのだろうと思うと、少しいたたまれない気持ちになった。

昨夜、葉奈は怯えて葉鳥のそばから離れようとしなかった。だが葉鳥と一緒にいても、パパに会いたい、瑤子ママに会いたいと何度も泣くので、葉鳥まで切なくて泣きたくなった。夜遅くにようやく寝ついた葉奈を、葉鳥はずっと抱き締めて過ごした。

朝になって目が覚めてからもふさぎ込んでいたが、新藤が帰宅したことを清子《きよこ》が知らせに来てくれると、パッと顔を輝かせて母屋に走っていった。葉鳥はそんな葉奈の姿に安心する一方で、自分は逃げるように自室に飛び込んだのだ。

「葉奈、お昼ご飯食べてきたんだろ?　だったらお昼寝しなきゃ。お部屋に行こうか」

「やだ。パパと一緒にいる。あ、そうだ。パパも一緒にお昼寝しよ?」

葉奈はそう言って新藤に抱きついた。怖い思いをしたせいで、すっかり甘えん坊になっている。新藤は目を細めて「わかったよ」と葉奈を抱き上げ、ベッドに横たえた。

「忍ちゃんも来て」

「え?　俺も?」

「うん。三人でお昼寝するの」

ベッドは三人でも窮屈ではない広さだが、葉奈を真ん中にして川の字で寝るのは、なんとなく変な感じがした。考えてみれば、三人で寝るのは初めてだ。

「うふふ」

葉奈があまりにも楽しそうに笑うので、新藤と葉鳥も目を合わせて微笑んだ。

9

「忍ちゃん、あれ！　葉奈、あれに乗りたいっ」

　葉奈が指さしたのはメルヘンチックなメリーゴーランドだった。葉鳥は「お、いいねー」と笑い、後ろにいた新藤を振り返った。

「新藤さんも一緒に乗ろうよ」

「俺はいい。ここで見てるからお前と瑤子さんで——」

「駄目！　パパも一緒に乗ってっ」

　葉奈は新藤の手を摑んで訴えた。

「そ、そうか、わかったよ」

　新藤は困りながらもどこか嬉しそうに頷き、葉奈に手を引っ張られて歩きだした。少し遅くなったが遊園地に連れていくという約束が果たせて、新藤もどこかホッとしているようだ。

　今日の新藤はジーンズに濃紺のパーカーという若々しい服装で、前髪も固めず額に下ろしている。普段は実年齢より老《ふ》けて見える男だが、今日は休日に娘を連れて遊園地に遊びに来た、格好いい素敵なパパといった感じで、葉鳥はもう鼻の下が伸びっぱなしだ。

「じゃあ、行ってくるね。クロちゃん、写真頼んだよ」

「任せてください」

黒崎が重大な仕事を任されたかのように、真面目くさった顔つきで頷いた。河野は周囲に目を配らせ、不審な者がいないかチェックに余念がない。だが平日の遊園地は人も少なく、いるのは平和そうな親子連ればかりだ。新藤を狙う危険人物など影も見当たらない。

「葉奈、どれに乗る?」

「んと、んーと、あ、あのお馬さんがいいな」

新藤は葉奈を抱き上げて白い馬に乗せた。しばらくしてメリーゴーランドがゆっくりと動きだす。葉鳥と新藤は葉奈のそばに立って、ニコニコ笑っている葉奈を見守った。

「瑤子ママーっ」

葉奈が手を振ると瑤子も手を振り返す。まだ抜糸が済んでいないので額に大きな医療用テープを貼っているが、つばのある帽子を被っているのでパッと見は全然わからない。その隣で黒崎がデジカメを構えて、真剣にシャッターを押していた。

「カワッチー!」

葉鳥が葉奈の真似をして名前を呼ぶと、河野はぎこちない笑みを浮かべて小さく手を振った。

もちろん葉鳥にではなく葉奈に対してだが、遊園地があまりにも似合わない男だ。まだ強面の黒崎のほうが馴染《なじ》んでいる。

あの事件から約一週間が過ぎていた。稗田の遺体は三日前に発見され、新聞にも記事が載った。車が駐まったままになっているのに気づいた近所の人間が、不審に思って警察に通報し、駆けつけた警官が倉庫の中で死んでいる稗田を発見したらしい。

新藤も警察の呼び出しを受けた。だがすでに絶縁して関係を絶った元組員のことなので、形ばかりの事情聴取だったようだ。警察は自殺と断定した上で、拳銃の入手先に強い関心を寄せているというのが新藤の意見だった。

メリーゴーランドを降りると、葉奈は次にローラーコースターに乗りたがった。

「じゃあ、次はカワッチとクロちゃんが乗ってきなよ。いいよね、葉奈？」

「うん、いいよ」

葉奈が無邪気に頷くと、河野は顔を引き攣らせた。

「私はそういう乗り物は苦手でして――」

「四歳児でも乗れるんだから平気だって。クロちゃん、葉奈のことお願い」

「かしこまりました。河野さん、行きましょう」

黒崎に促され、河野はやや項垂《うなだ》れながらふたりのあとに続いた。瑤子はお手洗いに行ってくると言ってその場を離れた。

空いたベンチに新藤と座り、何度もこちらを振り返ってくる葉奈に手を振ってやりながら、葉鳥は気になっていたことを切り出した。

「あんなことがあったから、瑤子さんの旦那さん、心配してるんじゃない？」

「何も言わないが、内心ではそうだろうな。だが中津《なかつ》は女房の意思を尊重するそうだ」

「そう。でも瑤子さんが辞めたいって言わなくてよかった。葉奈には瑤子さんが必要だもんね」

新藤は瑤子にもしベビーシッターの仕事を辞退したいなら、遠慮なくそう言ってくれと伝えたらしい。だが瑤子はこのまま続けたいと答えたそうだ。

「瑤子さんにも葉奈が必要らしい。あの子と離れるのは嫌だと言ってくれた」

瑤子は子供が産めない身体だ。だから自分を本当の母親のように慕《した》ってくれる葉奈が、可愛くてならないのかもしれない。葉奈は本当にいい女性と巡りあえた。

「あ、葉奈が乗り込むよ。やった、先頭だ」

一番前の座席に黒崎と葉奈が座り、その後ろに河野がひとりで座った。小さな子供向けのローラーコースターにひとりで座る河野は、とてつもなく決まりが悪そうだ。

「くくく。カワッチのあの顔」

「あんまり苛めてやるな。真面目な男なんだ」

そう注意する新藤の顔だって笑いをこらえている。葉奈たちが乗ったローラーコースターが動き出す。目で追いながら、葉鳥は新藤の袖《そで》を引っ張った。

「ねえ。あとで観覧車に乗らない？」

「観覧車？　そんなものに乗りたいのか？　お前も子供だな」

「いいじゃん。俺、観覧車って乗ったことないんだ。よくドラマなんかでさ、恋人同士で乗ってるでしょ。ああいうの、ちょっと憧れる。ね、いいでしょ？　つき合ってよ」

しつこくせがむと新藤は「わかったよ」と頷いてくれた。

問題は葉奈だった。葉鳥が新藤とふたりで観覧車に乗ってくると言ったら、「葉奈も一緒に乗る！」と地団駄《じだんだ》を踏んだ。三人でもまあいっかと諦めかけたが、瑤子が気を利かして葉奈の気をそらしてくれた。

「葉奈ちゃん、あそこの建物にＵＦＯキャッチャーがあったから、ぬいぐるみを取りに行こうか？　可愛いの、いっぱいあると思うな」

「本当？　取れる？」

「うん。瑤子ママはね、ＵＦＯキャッチャー得意なんだよ」

葉奈はすぐその気になって、「行こうっ」と瑤子の手を引っ張って歩きだした。

「さすがは瑤子さん。葉奈の扱いが上手いね。じゃあ、俺と新藤さんはラブラブな感じで観覧車に乗ってくるから、ふたりは葉奈のこと見てて」

河野と黒崎ともそこで別れ、新藤と葉鳥は観覧車を目指した。

「男ふたりで観覧車って、なんか恥ずかしいよね。カップルだって思われちゃうかな？　キャー。忍子、恥ずかしいっ！」

「腕を組むな」

冷たく腕を振り払われた。葉鳥は「んもうっ」と唇を尖らせたが、ニヤニヤが止まらない。浮かれながら観覧車に乗り込み、係員の姿が見えなくなるとすぐさま新藤の隣に移動した。

「最近、葉奈とよく一緒に寝ているな」

「え？　ああ、そうだね。葉奈がそうしてほしがるから。……昼間は元気だけど、夜はまだ怖いみたい。俺の手をギュッて握りながら眠るんだ」

夜、寝つくまでそばにいてほしがるので、最近、葉奈のベッドで寝ることが多かった。あの事件でできた心の傷が、少しでも早く癒《い》えればいいと願うばかりだ。

「葉奈は前からお前が好きだったが、最近はいっそう大好きみたいだな。あんまりふたりの仲がよすぎると、少し妬《や》けるよ」

「え？　どっちに？　どっちに妬いてるの？」

新藤は「さあ、どっちかな」と葉鳥の疑問をするっとかわした。

「甘えたがって大変かもしれないが、しばらくは我慢してやってくれ」

「そんなの全然いいけど。でも本当なら専門家に診てもらったほうがいいのかな?」

「大丈夫だろう。智秋《ちあき》に相談したら特に問題行動もないようだし、過度に心配する必要はないと思うと言ってくれた。今はそばにいる大人たちが、葉奈の不安をしっかり受け止めてやることが大事だそうだ」

「え……。瀬名《せな》さんに会ったの?」

「電話で話しただけだ」

葉鳥は喉もとまで出かかった文句を必死で押し戻した。電話したくらいでガミガミ言うのは器が小さすぎる。腹は立つが、ここはどーんと構えておいたほうがいいだろう。何しろあっちは元彼の蛇女で、こっちは可憐な本妻なのだから。

気を取り直し、葉鳥は上昇していく丸い箱の中で、新藤の肩にもたれかかった。

「景色がいいね。夜だったらもっとロマンチックだったろうなー。……夜景がすごくきれいよ、隆征《たかゆき》さん。いや、お前のほうが、もっときれいだよ、忍子。いやだ、隆征しゃんたらっ! なんちゃってっ」

葉鳥のひとり芝居を完全にスルーし、新藤は「結構、高いな」と外の景色を眺めている。

「……ねえ、新藤さん。こんなこと言ったら新藤さんに呆れられるかもしれないけど、本音《ほんね》を言ってもいい？」

「ああ。なんでも言え。俺に隠し事なんかするな」

新藤に肩を抱かれて、葉鳥は「じゃあ言うけどさ」と胸の奥に溜まっていたものを、あらためて言葉にして打ち明けた。

「俺、葉奈が可愛い。本当に大事に思ってる。だから父親として相応しい人間になりたいと願ってる。でもすごく難しい。難しすぎて嫌になるんだ。多分、心のどこかで父親ってものに、まだなりたくないって思ってるのかもしれない。葉奈のこと、命がけで守っていく覚悟はあるんだよ？　でも父親として接していくのは難しい。無理して頑張ろうとしている自分も、なんか嫌いだ。そんな気持ちで葉奈を見てると、葉奈のことも素直に愛せないみたいに思えてきて、そんな自分がますます嫌になるんだ。どうしたらいいのかな？」

新藤は不意に葉鳥の頭をくしゃくしゃと撫でた。子供にするような手つきだった。

「お前は馬鹿だな。そんなことで悩む必要なんてないのに。父親ってものはな、いきなりなれるものじゃないんだ。父親だという自覚を持って子供と接していくうち、少しずつ気持ちが芽生えて、段々と親になっていく。親になるには時間が必要なんだ。俺もそうだった」

「新藤さんも？」

「ああ。俺も最初はどう接していいのかわからず悩んだものだ」

新藤も同じだった。同じように悩んだのだ。そのことを知って、少し気持ちが楽になった。

「忍。お前はお前のままでいいんだ。無理に父親らしく振る舞わなくてもいい。今のままで十分すぎるほど、葉奈はお前の愛情を感じ取っている。だから変わろうとしなくていい。人は必要に応じて、自然に変化していく生き物だ。そのままのお前で葉奈を愛してやればいい」

「このままの俺でいいの？　こんな俺でも葉奈はいいのかな？」

見上げる葉鳥に、新藤は大きく頷いた。

「俺からも話したいことがある。というより、お前に対する願いかな」

「え、何？　新藤さんの願いなら、なんだって聞くよ。言って」

観覧車はどんどん高くなり、もうすぐ頂上に届きそうだ。新藤は一度、外の景色に目をやってから、葉鳥の手を握った。

「忍。俺の籍に入ってくれないか」

「え……。それってまさかプロポーズ？　俺、新藤さんの妻になるの？」

新藤が黙り込んだ。微妙な表情をしている。葉鳥はしまったと思った。

「ち、違うよね。男同士だもん。結婚はできないよね」

「ああ。だからその代わりに、お前を俺の戸籍に入れたい。要するに養子縁組だ。今は俺に何かあってもお前は赤の他人だから、葉奈とも無関係になってしまう。だが俺の養子になれば、お前は葉奈の兄だ。法的にも俺たちは家族になれる。お前が嫌でなければ、俺の戸籍に入ってほしい」

葉鳥は思いがけない申し出に呆然となった。今でも十分だと思っているのに、新藤と葉奈と戸籍上でも家族になる。そんなことが許されていいのだろうかと怖くなる。

「お、俺は、すごく嬉しいよ。だけど、そんなことして大丈夫なの？　執行部が反対しない？新藤さんの立場が悪くなったりしない？」

「組織は関係ない。何もお前を俺の後継者にしようとしているわけじゃないんだ。まあ、そういうふうに勘繰る輩《やから》もいるかもしれないが、放っておけ。これは俺のプライベートな問題だ。どうだ？　この話、受けてくれるか？」

葉鳥の心を確かめるように、新藤の優しい瞳が深くのぞき込んでくる。葉鳥は胸を詰まらせながら新藤に抱きつき、「当たり前だろ」と答えた。

「受けるよ、受けるに決まってる……っ。嬉しいよ、すごく嬉しい……っ」

新藤は葉鳥の頭を撫でながら、「よかった」と囁いた。

「本当はもっと前から考えていたんだが、俺の平凡ではない人生にお前を巻き込むのはどうかと思って、言い出せなかった。お前が自由に生きる権利を奪ってはいけないと思っていた」

「もうっ、何言ってるんだよっ」

新藤の優しさが逆に悔《くや》しくて、葉鳥は拳で大きな胸を叩いた。

「俺は自分から、自分の意志で新藤さんの人生に飛び込んでいったんだよ？　俺の覚悟、舐めんなよな」

怒ったのに新藤は笑って葉鳥の頬にキスをした。キスなんかで懐柔されるもんかと思ったが、今度は唇にキスされ、やっぱり懐柔されてもいいいと思い直した。

「形は養子縁組でも、お前の言うとおり、これは立派なプロポーズだな」

「……どうしよう。幸せすぎて腰が抜けちゃった。抱いて運んでくれる？」

「さすがにそれは遠慮する。お前だけもう一周してくるか？」

「もう。なんだよ、それ。新藤さんの意地悪」

むくれて見せたが、どうしても顔は自然とにやついてしまう。葉鳥は新藤の肩に頭を預けたまま、我慢しきれずこっそりと吐息をついた。だが目敏《めざと》く気づかれた。

葉鳥の甘い甘い溜め息は、新藤の唇に優しく奪われた。

あとがき

キャラ文庫さまではお久しぶりの英田《あいだ》サキです。他のお仕事はしてましたが、文庫は去年の九月に出た「ダブル・バインド4」以来なので、一年以上も空いてしまいました。

本作は「ダブル・バインド」に出てきた新藤《しんどう》と葉鳥《はとり》がメインのお話で、一作は雑誌に掲載された「名もなき花は」。全サの小冊子で出会い編を書いたので、その後、葉鳥が正式な愛人として認められた時の話を書きました。美津香《みつか》に振り回される葉鳥が可愛くて好きです。

そしてもう一作は現在のふたりを書いた「アウトフェイス」。英語の辞書で引くと意味は「にらみつけて目をそらさせる、ひるませる。大胆に構える。ものともしない」等々。本編では心境に大きな変化のあった葉鳥ですが、だからといってすぐに成長できないのが人間というもので、本人的にはまだまだ大変な感じです。でも葉鳥には葉鳥らしくあってほしいという気持ちを込め、このタイトルにしてみました。

今回の事件で葉鳥の取った行動が正しいかどうかは別にして、葉鳥なりに大人になろうと頑張っている最中のようです。一方、葉鳥を見守る男、新藤はかなりに甘くなりましたね（笑）。書きながら、そうか、新藤って葉鳥が自分から甘えてくるのを、ずっと待っていたんだなぁ、なんて思いました。そして新藤は葉鳥にお尻ペンペンするのが好きだったことが判明。まあ、ペンペンしたくもなりますよね、葉鳥みたいな子は。いろんな意味で。

今年のキャラ文庫番外編小冊子では、上條《かみじょう》と瀬名《せな》を書かせていただきました。この本の発売と前後した発送になるかと思いますが、瀬名と祥が久しぶりに帰国するお話だったので、せっかくだから少しリンクさせて、瀬名にも登場してもらいました。ついでに上條と祥《しょう》にも（笑）。あちらのカップルは遠距離恋愛ながら、上手くやっているみたいです。相変わらず上條は瀬名の尻に敷かれっぱなしのようですが。でもそれも嬉しそう。Mな上條さん。

担当さま。毎回のことですが、今回もあれでしたね。申し訳ありません。諸々ありがとうございました。またこの本の制作や販売に携わってくださった皆さまにも、お礼申し上げます。

葛西《かさい》リカコ先生、本編同様、今回も素敵なイラストをありがとうございました！　葛西先生の描かれる葉鳥、可愛くて美人で生意気そうで本当に大好きです。もちろん新藤や葉奈《はな》ちゃんも。愁いを帯びた新藤の眼差しにキュン。お時間のない中、本当にありがとうございました。

読者の皆さま、いかがでしたでしょうか？　告知用ですがツイッターも始めたので、ご感想などお気軽に聞かせてくださいね。皆さんのお声が何よりの励みです。

二〇一二年十一月　　英田サキ

この本を読んでのご意見、ご感想を編集部までお寄せください。

《あて先》〒105－8055　東京都港区芝大門2－2－1　徳間書店　キャラ編集部気付
「アウトフェイス」係

■初出一覧
名もなき花は……小説Chara vol.26(2012年7月号増刊)
アウトフェイス……書き下ろし

Chara

アウトフェイス……【キャラ文庫】

2012年11月30日 初刷

著者 英田サキ
発行者 川田 修
発行所 株式会社徳間書店
〒105-8055 東京都港区芝大門2-2-1
電話048-451-5960(販売部)
03-5403-4348(編集部)
振替00140-0-44392

印刷・製本 図書印刷株式会社
カバー・口絵 近代美術株式会社
デザイン 百足屋ユウコ

ISBN978-4-19-900690-6

好評発売中

英田サキの本【ダブル・バインド】

イラスト◆葛西リカコ

夢の島で猟奇的な餓死死体が発見された!? 捜査を担当することになったのは警視庁刑事の上條嘉成《かみじょうよしなり》。鍵を握るのは第一発見者の少年だ。ところが保護者として現れたのは、臨床心理士の瀬名智秋《せなちあき》。なんと上條が高校時代に可愛がっていた後輩だった!! 変貌を遂げた瀬名との再会に驚く上條だが…!? 謎の連続殺人を機に一度終わったはずの男達の運命が交錯する――英田サキ渾身の新シリーズ!!

好評発売中

ダブル・バインド
2
英田サキ
イラスト◆葛西リカコ
第二の殺人事件発生!! 刑事と極道——
対極にある男達二人が犯人を追う!!
キャラ文庫

英田サキの本
【ダブル・バインド②】
イラスト◆葛西リカコ

餓死死体遺棄事件で、二人目の犠牲者が発見された!! 緊迫を増す現場で犯人を追う警視庁刑事の上條《かみじょう》。そんな上條が捜査の合間を縫って通うのは、臨床心理士の瀬名《せな》——高校時代の後輩だ。皮肉と色香を纏う男に変貌した瀬名に惹かれつつ、地道な捜査を続ける上條だが、ついに犯人に迫る物証を手に入れる!! 一方、極道の若頭・新藤《しんどう》とその愛人・葉鳥《はとり》も、独自のルートで同じく犯人を追うが…!?

好評発売中

英田サキの本
【DEADLOCK《デッドロック》】

シリーズ全3巻

イラスト◆高階 佑

デッドロック
英田サキ
イラスト◆高階 佑
この檻の中で、お前は
狩られる側の人間なんだ。
キャラ文庫

同僚殺しの冤罪《えんざい》で、刑務所に収監された麻薬捜査官のユウト。監獄から出る手段はただひとつ、潜伏中のテロリストの正体を暴くこと——!!　密命を帯びたユウトだが、端整な容貌と長身の持ち主でギャングも一目置く同房のディックは、クールな態度を崩さない。しかも「おまえは自分の容姿を自覚しろ」と突然キスされて…!?　囚人たちの欲望が渦巻くデッドエンドLOVE!!

Shinobu Hatori
「アウトフェイス」